ANNIE BELLET

MAGIA EM JOGO VOL. I

A JUSTIÇA CHAMA

Titulo da obra: A Justiça Chama – Magia em Jogo vol. 1
Titulo original: Justice Calling - The Twenty-Sided Sorceress vol. 1

Editor: Artur Vecchi

Projeto gráfico e diagramação: Vitor Coelho

Traduçao: Camila Fernandes

Revisão: Gabriela Coiradas

Ilustração de capa: Rod Mendez

Design de capa: Vitor Coelho

1ª edição, 2018
Impresso no Brasil/ Printed in Brazil

Dados Internacionais de catalogação na Publicação (CIP)
(Câmara Brasileira do Livro, SP, Brasil)

B 442

Bellet, Annie
A Justiça chama / Annie Bellet; tradução de Camila Fernandes. – Porto Alegre : Avec, 2018. -- (Magia em Jogo; v. 1)
Título original: The Justice calling

ISBN 978-85-5447-012-8

1. Ficção norte-americana
I. Fernandes, Camila II. Título III. Série

CDD 813

Índice para catálogo sistemático:
1.Ficção : Literatura norte-americana 813

AVEC Editora
Caixa Postal 7501
CEP 90430-970 — Porto Alegre — RS
contato@aveceditora.com.br
www.aveceditora.com.br
Twitter: @avec_editora

MAGIA EM JOGO
VOLUME I

A JUSTIÇA CHAMA

ANNIE BELLET

Dedicado a Jeff (1969-2001).

Você fez de mim a nerd que sou hoje.

Foi o melhor irmão que alguém poderia ter. Morro de saudade de você.

Os momentos transformadores da vida são uns canalhas sorrateiros. Muitas vezes, demoramos a saber que nada mais será igual e só olhando para trás é que conseguimos dizer: "Olha lá! Foi isso! Foi isso que mudou tudo".

Bom, pelo menos, podemos fazer isso se estivermos vivos...

Para mim, era só mais uma noite de quinta-feira depois de um dia tempestuoso de primavera. Eu estava terminando um trabalho de tradução do japonês para o inglês e só fingindo cuidar da caixa registradora da minha loja de revistas em quadrinhos e jogos. Acho que essa é a vantagem de ser a proprietária. Ninguém me mandava sorrir e prestar atenção nos clientes.

De todo jeito, não havia nenhum. As noites de quinta-feira são noites de jogo e fechamos cedo. Eu ainda não tinha virado a placa de FECHADO na porta, já que estava esperando Harper, minha melhor amiga nos últimos quatro anos, parar de xingar enquanto jogava StarCraft.

— Nem um exército de Banelings pode te salvar dessa — comentei, olhando de relance a tela.

— Os fuzileiros são uns apelões — rosnou ela.

— Claro — eu disse, tentando não rir. Era uma queixa antiga. Fosse qual fosse a raça usada pelo oponente no jogo, era sempre apelona, de acordo com a lógica de Harper. — Talvez você devesse jogar com um mouse em vez de só com seu trackpad?

— Estou praticando meus atalhos — disse ela. — Cala a boca; você está me distraindo.

Os sinos pendurados na porta tilintaram e desviei o olhar do meu laptop para encarar a porta da loja, achando que fosse um estudante universitário ou uma mãe atormentada procurando cartas de Pokémon ou de Magic: The Gathering. Além dos clientes de sempre, só essa gente entra na minha loja durante a semana.

O homem que entrou não era estudante universitário e definitivamente não era uma mãe do subúrbio. Ele atravessou a porta e parou, virando a cabeça, os olhos arregalados pela mudança da luz do dia para as luminárias que deixo estrategicamente posicionadas na minha loja. Olhou para o display frontal com as últimas novidades em jogos de aventura e as prateleiras de quadrinhos recém-lançados, depois seguiu em frente, virando a cabeça como se procurasse por alguma coisa ou por alguém.

Sua incerteza me deu a chance de dar uma boa olhada nele. Parecia estar com uns trinta anos e tinha um certo jeito de deus nórdico versão Hollywood. Quase dois metros de altura, cabelos platinados e desalinhados, feições que um livro romântico chamaria de "cinzeladas" e mais massa muscular magra do que um viciado em CrossFit. Também trazia uma arma de fogo, parcialmente escondida debaixo da jaqueta de couro feita sob medida.

Então, sabe, não era o típico entusiasta de quadrinhos ou jogos de tabuleiro.

Além disso, meus feitiços de proteção zumbiram por um momento, um som que só eu pude ouvir. O que significava que ele também não era humano.

Não que isso fosse estranho na cidade de Wylde, Idaho. A maior parte da população não universitária não é totalmente humana. Nós somos a capital dos metamorfos no Ocidente. A própria Harper é uma metamorfa-raposa; duas das outras três pessoas no meu grupo de jogos são um carcaju e um coiote. O dono da casa de penhores ao lado da minha é um legítimo leprechaun, e a gerente da padaria do outro lado é uma espécie de bruxa ou talvez uma druida .

As fortes linhas Ley que atravessam a Floresta do Rio sem Volta à beira da cidade atraem todo tipo de ser sobrenatural para a área.

Foi o que me atraiu para cá. Sempre ouvi que o melhor lugar para esconder uma folha é na floresta.

Fiquei alerta na mesma hora. Feitiço de proteção não é realmente o meu forte, então não sabia que tipo de sobrenatural era o gigante, mas a arma não era um bom sinal. Nem o modo como ele me olhou, como se me reconhecesse; nem o jeito como se aproximou do balcão, contornando os displays de quadrinhos com uma graça etérea. Reuni meu poder dentro de mim, preparando-me para arremessar um raio de energia pura no peito dele, se necessário. Eu não lançava um feitiço de verdade assim havia anos, mas achei que conseguiria jogar pelo menos um sem perder a consciência devido ao esforço. Provavelmente.

— Posso ajudar? — perguntei, feliz porque havia um balcão entre nós, mesmo que a vitrine de vidro cheia de dados e caixas de baralho fosse pouco mais do que um pulinho para um metamorfo.

— Quem é você? — retrucou ele. Sua voz era grave, com um leve sotaque. Russo, talvez. Os olhos tinham o tom azul de uma geleira e a expressão era igualmente fria.

— Jade Crow — respondi, rilhando os dentes com o esforço de falar e manter minha magia sob controle. — Quem é você?

— Oi, gato — disse Harper, levantando-se da cadeira estofada ao meu lado, onde estivera jogando. Fechou o laptop e abriu um sorriso deslumbrante para o recém-chegado. Harper era angulosa e meio punk, com cabelos castanhos espetados e o dom de fazer os homens esquecerem o que iam dizer quando ela sorria.

Então, parou de sorrir e arregalou os olhos ao ver a pena de prata presa ao pescoço dele.

— Ai, droga. Juiz. Me perdoe. — E baixou a cabeça como se estivesse diante de um membro da realeza.

— Juiz? Como um dos metamorfos guardiões da paz, certo? — eu disse, minha voz tremendo um pouco com o esforço de conter meus poderes por tanto tempo sem liberá-los. — Que é que está acontecendo, hein?

Olhei para Harper e depois novamente para o intruso, cravando os olhos no talismã de pena. É, era melhor olhar para o pescoço dele. Ou para o queixo. Os lábios dele eram beijáveis demais. Guardei esse pensamento para mais tarde. Muito, muito mais tarde.

— Eu sou Aleksei Kirov, um Juiz do Conselho dos Nove. E você — disse ele, indicando-me com um gesto — é uma assassina.

— Quê? — Harper e eu dissemos ao mesmo tempo. Olhamos uma para a outra, perplexas. Eu nunca tinha matado ninguém na vida, embora já tivesse tentado uma vez. Mas, mesmo assim...

Atrás do Juiz, e invisível no momento para todos, menos para mim, minha guardiã espiritual loba se alvoroçou, levantando-se de onde estivera dormindo. Porém, Loba não rosnou, só inclinou a cabeça de lado e olhou para Aleksei, pronta para problemas, mas claramente esperando que não fossem para já.

— Eu não matei ninguém. Nunca. — Liberei a magia dentro de mim antes que perdesse acidentalmente o controle e a lançasse. Limpando o suor da testa, passei as mãos trêmulas pelo meu cabelo e puxei o rabo-de-cavalo por cima do ombro.

Aleksei relaxou conforme uma expressão confusa aparecia em seu olhar.

— Você diz a verdade — afirmou ele. — Mas enxerguei você numa visão. Os Nove me enviaram para cá. Havia metamorfos em perigo e você estava no centro, na encruzilhada entre a vida e a morte deles.

Abri a boca. Depois, fechei. Um pequeno arrepio passou por mim. O único jeito de eu ver metamorfos morrendo por minha causa era se ele tivesse me encontrado. Meu ex-mentor e ex-amante louco de pedra. Comecei a rezar mentalmente aos poderes do Universo para que isso não tivesse acontecido, ou estaríamos todos atolados na merda.

— Não sabemos de ninguém que esteja em perigo — disse Harper. — Hã, Juiz — acrescentou ela, ainda tentando demonstrar respeito.

O que eu sabia sobre o Conselho dos Nove era praticamente uma lenda, a versão dos deuses segundo os metamorfos. Eles tinham Juízes, metamorfos poderosos nomeados para manter a paz entre a população metamorfa e para proteger o segredo da existência desses seres da maior parte do mundo humano. Cada um deles era juiz, júri e executor numa só pessoa. Os metamorfos não cometiam muitos crimes, mas, quando cometiam, a sentença era quase sempre a morte. Um ótimo método de intimidação, eu acho.

— Além disso, não sou metamorfa — argumentei. — Então, você não tem poder sobre mim.

— A menos que você represente perigo para os metamorfos. O que você é? — perguntou Aleksei, estreitando os olhos gelados. Ao que parecia, a sutileza não era um dos encantos dele.

— Ela é uma bruxa — Harper respondeu por mim. Fiquei contente, já que aquele tal Juiz parecia ter o dom de detectar mentiras. Harper não estava mentindo, porque, até onde ela sabia, eu era isso mesmo.

Só que ela estava enganada.

Embora fosse minha melhor amiga, eu não podia contar a ela a verdade. Não podia contar a ninguém que eu era uma feiticeira. Porque todos tentariam me matar ou, no mínimo, me banir. Ninguém gosta dos feiticeiros. Provavelmente porque a maioria de nós são uns babacas que matam e comem o coração dos seres sobrenaturais para obter poder.

Ciaran me poupou de ter que confirmar ou negar verbalmente minha bruxaria . Ele entrou pela porta da frente com todos os seus 1,20 de altura, os cabelos cor de cobre e prata bem penteados e o casaco vermelho agarrado ao corpinho gorducho. Olhei o relógio no monitor do computador e resmunguei um palavrão. Era mais tarde do que eu imaginava.

— Harper — disse Ciaran, cumprimentando-a com um aceno de cabeça e mal olhando para Aleksei. — Jade, eu gostaria muito que você viesse dar aquela olhada nas minhas coisas antes que eu morra de velhice — disse ele, em irlandês.

— Para um homem que viu São Patrício expulsar as serpentes, você parece estar ótimo — respondi, também em irlandês.

Sabe aquele vizinho leprechaun de quem falei? É o Ciaran. Ele havia pegado uma tonelada de coisas num leilão no dia anterior e, como sempre fazia com antiguidades, queria que eu verificasse se havia alguma aura mágica ou surpresa oculta. Não usava muito meus talentos por medo de denunciar minha localização, mas, para mim, uma magia pequena como a detecção era tão fácil quanto respirar. Então eu bancava a vizinha legal e o ajudava quando ele precisava.

— Então, hã... — Olhei para Aleksei. — Como eu não matei ninguém nem planejo fazer isso, talvez você possa ir Juizar em algum outro lugar, né? Vou fechar a loja.

— Ficarei aqui. Conversaremos depois. Minhas visões jamais se enganam.

O cara estava tão rígido e me olhava com tanta insistência que eu me perguntei se ele tinha uma espada enfiada no traseiro ou coisa assim.

— Tá bom, colega. Só tenta ser menos sinistro enquanto isso. E você vai esperar na frente da minha loja. Não me meto com gente estranha . — Epa. Essa frase ficou esquisita. — Na minha loja. Quero dizer, sozinha. Estou dizendo que não posso deixar você aqui sozinho. Então, espere lá fora. — Ótimo. Agora eu estava gaguejando.

— Está bem — respondeu ele, e juro pelo Universo que o desgraçado deu um sorrisinho.

A loja de Ciaran é o paraíso dos loucos por antiguidades e o pesadelo dos maníacos por limpeza. Provavelmente, também é um pesadelo se você tiver alergias. Ele a mantinha arrumada à sua moda confusa, mas tentar tirar o pó de algumas centenas de livros antigos, pinturas e armários cheios de facas, objetos de vidro, pratos decorativos, estatuetas, ferramentas com propósitos desconhecidos, armas usadas pela última vez durante a Guerra Civil e outros itens interessantes era um trabalho de que nem mesmo um imortal conseguia dar conta.

A loja tinha uma atmosfera meio esfumaçada e mágica que eu adorava. Acima de nós, candelabros de todos os tipos, de galhadas de alces a cristais Waterford, iluminavam o lugar, lançando camadas de sombras até a gente sentir que poderia virar a esquina depois de uma mesa cheia de espadas e achar o guarda-roupa que leva a Nárnia. O ar não era estagnado; tinha um perfume de laranja e cravo-da-índia e algum tipo de aroma cítrico do que quer que Ciaran usasse para limpar as mesas. A melhor parte era que às vezes Ciaran tinha mesmo um ou dois itens mágicos, embora isso fosse raro e ele geralmente me pedisse para destruí-los caso não pudéssemos descobrir o que eles faziam. Deixar as pessoas normais comprarem coisas mágicas era arranjar problemas para depois, e ninguém queria isso.

— Ei — sussurrei para Harper enquanto entramos na loja —, qual é o tempero desse Juiz, afinal?

— Tempero? — Ela sussurrou em resposta. — Assustador com uma pitada de sexy?

— Não, o tempero animal — expliquei, dando um tapinha na parte de trás da cabeça dela.

— Ah. Tigre. — Ela sorriu e esfregou a cabeça.

— Faz sentido — murmurei. — Acho que ele não seria, tipo, um coelho ou coisa parecida. — Eu apostaria meus rendimentos de uma semana que ele era um tigre gigantesco. Os animais metamorfos eram geralmente maiores do que os do mundo real, de qualquer jeito, mas provavelmente aquele desgraçado arrogante seria o tigre mais forte e mais bonito que já se viu. O universo era assim.

— A maioria dos metamorfos são predadores — comentou Harper, passando na minha frente.

— Faz sentido que alguém que precise caçar metamorfos do mal e coisas assim seja um superpredador, certo?

— Já terminaram de fofocar? — Ciaran gritou para nós. Ele já havia percorrido metade da loja.

Harper e eu ziguezagueamos por entre as mesas e armários rumo ao escritório dos fundos, onde Ciaran guardava todas as compras interessantes para eu examinar, só por segurança, antes de colocá-las à venda.

— Foi num leilão em Seattle no mês passado — explicou ele, falando inglês para que Harper entendesse. — Recebi os produtos hoje mesmo. Umas peças velhas; talvez valha a pena dar uma olhada antes de eu colocar preço nelas. Achei até uns daqueles botões de prata de que sua mãe gosta tanto, Azalea.

Harper franziu o nariz para ele. Ele sabia que ela detestava ser chamada pelo nome e preferia seu pseudônimo de jogadora. Ela estava prestes a responder quando ficou paralisada na minha frente, obrigando-me a desviar para o lado para evitar um esbarrão. Meu braço bateu num armário, que rangeu e balançou, mas se aquietou sem quebrar nada. Graças ao Universo. Acho que, se alguma coisa caísse dentro da loja, haveria um efeito dominó e o lugar inteiro desabaria como uma conexão ruim à internet.

— Onde... Como... Não... Eu... — Harper não conseguia falar. Apenas apontava para uma grande raposa empalhada que estava sobre uma cômoda oriental.

— Que foi, querida? Você está bem? — Ciaran tentou segurar Harper conforme ela começou a desmoronar no chão, dando gritos horríveis, parte ganidos, parte soluços.

Eu a peguei primeiro, envolvendo com os braços seu corpo rígido e finalmente vendo seu rosto. Lágrimas faziam o rímel escorrer e os ombros dela tremiam nos meus braços.

— É a Rosie! — ofegou ela. — É a minha mãe!

CAPÍTULO

Com o poder da hospitalidade irlandesa, ou talvez de um truque mágico de leprechaun, Ciaran deixou Harper aninhada num suéter, segurando uma xícara de chá de menta, antes mesmo de ela perceber que tinha finalmente parado de soluçar. O que era bom, porque Aleksei, que insistia para que Harper o chamasse de Alek em vez de Juiz, agora interrogava Harper e Ciaran como um policial espremendo um suspeito.

Para ser justa, acho que ele não pretendia intimidá-los. Só fazia meia hora que eu o conhecia e ele parecia ter apenas uma marcha, que estava travada no nível intenso.

— Vou verificar meus registros, Jade, e ver se encontro a identificação do homem que vendeu isso para mim, está bem? — Ciaran disse. — Ele era jovem e era terça-feira; disso eu me lembro.

— Cuide disso. — Alek voltou o olhar gelado para Harper. Sua expressão pareceu ficar mais suave, mas era difícil ter certeza. — E por que ninguém notou que ela esteve ausente por todo esse tempo?

Você disse que ela desapareceu no último fim de semana.

— Porque ela saiu para colher cogumelos — respondi, colocando-me com firmeza entre Alek e Harper. — A Rose faz esse tipo de coisa. Ela desaparece nos bosques por uma semana ou mais. É normal para ela.

— Como foi que um caçador a pegou? — Ofegou Harper. — Ela não deveria estar em forma de raposa.

Ela tinha razão quanto a isso. Rose, sua mãe, gerenciava um albergue tipo bed and breakfast numa fazenda adquirida nas terras da Floresta do Rio sem Volta. Era uma mulher prática, excêntrica e amorosa que acolhia todo tipo de metamorfo desgarrado. Gostava de acampar na floresta toda primavera, antes que o verão chegasse trazendo os fotógrafos de vida selvagem, praticantes de rafting, andarilhos e todas as outras pessoas que a mata atraía.

— Fui enviado aqui pelo Conselho — disse Alek. Balançou a cabeça, estreitando os olhos para mim com ar reflexivo. — Significa que ocorreu um crime.

— Ei, eu estava trabalhando na minha loja. Além disso, eu não tocaria numa arma nem que ela me fizesse carinho e uns waffles. — Olhei com firmeza para ele. — Ah, Universo, vai se danar. Agora você está me interrogando. Isso não é legal.

— Minha visão diz que você é a chave — afirmou ele, cruzando os braços espantosamente musculosos sobre o peito amplo.

— Talvez sua vista psíquica precise de óculos — retruquei.

— Gente — disse Harper, fungando. — Por favor. Precisamos descobrir como minha mãe... Ai, meu Deus, não consigo dizer. Só... me ajudem.

Eu me virei para ela, tirando o chá de suas mãos e colocando-o de lado. Ela desabou nos meus braços, novos soluços sacudindo o corpo. Não consegui resistir a lançar outro olhar para Alek, deixando claro que isso era definitivamente culpa dele.

— Ei! Jade? Ciaran? — gritou uma voz masculina lá dentro da loja. Saco. Noite de jogo.

— Ezi , Levi, estamos aqui atrás— gritei para eles, depois disse para Alek quando ele levou a mão à arma: — Calma aí, Dirty Harry. Eles são seus coleguinhas peludos.

— Há algum ser humano nesta cidade? — perguntou ele. Já havia farejado Ciaran e determinado que ele não era uma ameaça, já que não era um dos normais.

— Steve — disse Harper, engolindo outro soluço e limpando o nariz na manga já úmida do suéter de Ciaran.

— Harper? Você está bem? O que está acontecendo? — Os gêmeos haviam chegado ao escritório.

Ezekiel e Levi Chapowits são indígenas americanos como eu, mas da tribo Nez Perce, não da tribo Crow. São gêmeos fraternos, não idênticos; porém, têm feições muito semelhantes. Estrutura óssea forte, altura acima da média, cabelos pretos e grossos, olhos escuros. A não ser por isso, e por serem totalmente nerds, eles não se parecem nem um pouco.

Ezi é um metamorfo-coiote e usa ternos que ele mesmo costura copiando roupas de grife. É professor de História dos Estados Unidos e de Estudos Indígenas na Universidade Juniper.

Levi é um carcaju que não veste nada além de calças cargo, coturnos e camisetas manchadas com as tripas dos carros em que ele trabalha em sua oficina. Usa um corte de cabelo Mohawk longo e o rosto é tão furado por piercings que eu brinco que poderia usar a pele dele para escorrer macarrão.

Os dois partem o coração de praticamente todas as mulheres que conhecem. Não só porque são bonitos, inteligentes e sensacionais, mas porque Levi é casado e feliz com uma artista hippie maluca, uma metamorfa-coruja chamada Junebug, e Ezi é tão gay quanto Neil Patrick Harris.

— Mataram minha mãe — contou Harper.

— Caramba — respondeu Ezi. — É por isso que tem um Juiz aqui?

Pode confiar no Ezi para notar rapidinho o cara alto e gato com o talismã de pena.

— Quê? — disse Levi. — Ah, olá. — Ele inclinou a cabeça para Alek, cumprimentando-o.

Alek imitou o gesto, finalmente parecendo sem palavras diante dos gêmeos. Porém, eu tinha certeza de que ele logo começaria a interrogá-los.

— Cadê a Rose? O que aconteceu? — perguntou Levi.

— Atrás de você — respondi em voz baixa.

Os gêmeos soltaram um punhado de palavrões ao olhar para o cadáver de Rose.

— Não estou vendo nenhum ferimento — disse Ezi finalmente.

— Precisamos de uma autópsia. É o que eles fazem na TV. — Harper se embrulhou ainda mais no suéter e se levantou.

— O seu médico-legista também é um metamorfo? — perguntou Alek.

— Não — respondeu Levi. — É um médico do condado. A cidade não é grande o bastante para ter um legista próprio. — Levi também era bombeiro voluntário. Esse tipo de atuação multitarefas acontece quando você vive tanto tempo quanto os metamorfos e numa cidade pequena como Wylde.

Passei as mãos pelo corpo de Rose, engolindo a bile quando a náusea assomou dentro de mim. Eu estava manuseando uma das minhas pessoas favoritas no mundo. Senti um ardor nos olhos e percebi que estava prestes a chorar. Droga. Eu nunca choro. Não nas últimas décadas. Não mais.

Não sei muito sobre taxidermia, mas imaginava que haveria costuras, grampos, coisas assim. Não encontrei nada além da pelagem, o pelo castanho-avermelhado mais longo e a pelagem de baixo mais clara, espessa e macia ao toque. Olhei para seus olhos de vidro bizarramente realistas e desejei poder perguntar a ela que diabo andara fazendo em forma de raposa e como tinha sido pega. Quem tinha feito aquilo talvez não fizesse ideia de que matara e empalhara uma pessoa.

O que não tornava minha vontade de caçar e empalhar o responsável menos furiosa e urgente.

— A Vivian Lake pode fazer a autópsia — sugeri. — Ela é a veterinária local. Metamorfa-loba — acrescentei, vendo a expressão no rosto de Alek. Respirei fundo ao me afastar de Rose.

Hora de fazer minha cara de mestra do jogo e arregaçar as mangas.

— Levi, ligue para o Steve. Avise que hoje não tem noite de jogos. Emergência familiar. Ezi, leve a Harper para minha casa.

Saquei minhas chaves e as joguei para ele. Por um momento, Harper pareceu a ponto de protestar, mas depois se apoiou em Ezi com outro soluço.

— Obrigada, Jade — sussurrou ela. — Acho que não consigo, quero dizer...

— Eu sei. Tudo bem. Vamos descobrir o que aconteceu. Você tem carro? — perguntei, voltando-me para Alek.

Ciaran desceu a escada dos fundos, que levava a seu apartamento, trazendo um cobertor, que ofereceu para nós. Dei um meio sorriso de agradecimento, feliz por ele ter previsto que queríamos algo com que carregar Rose.

Antes que eu o pegasse, Alek apanhou o cobertor e envolveu Rose com um cuidado e uma gentileza que me surpreenderam. Por mais presunçoso que ele fosse, fiquei feliz por não ter que tocá-la outra vez. Ele olhou para mim, parecendo esperar que eu saísse na frente. Outra surpresa. Talvez ele nem sempre fosse um babaca machão. Ou talvez só quisesse me manter na frente dele para poder ficar de olho em mim. Afastei esses pensamentos.

— Tá legal, Juiz, aposto que você vai querer estar lá, então, vamos ver a doutora Lake.

2

CAPÍTULO 3

Alek não me deixou dirigir a caminhonete dele. Pelo jeito, as surpresas haviam esgotado. Não era o tipo de carro que Harper e eu chamávamos, brincando, de "compensação para aquilo lá", mas um Ford robusto, com arranhões e amassados e um pouco de poeira nos cantos que faziam a gente pensar que o cara usava o carro para fazer coisas de verdade, não só para dar uma volta. O interior cheirava a grama molhada, terra úmida e almíscar com um toque de baunilha. Com certeza era o perfume do próprio Alek.

Todos os meus sentidos estavam alertas ao homem enorme e bonitão a poucos centímetros de mim. Não era um bom sinal. Da última vez que eu me sentira atraída por um cara à primeira vista, ele tentara usar magia para me engordar, estilo João e Maria, e devorar meu coração. Sentada no banco, fiquei com a bunda o mais perto possível da porta, abrindo mais espaço entre nós.

O trajeto até a clínica da doutora Lake não deveria levar mais que cinco minutos, mas chegamos ao único semáforo na rua principal e o sinal estava vermelho. Uma velha que não reconheci — o que significava que não era nerd e provavelmente fazia parte da população humana da cidade — atravessou bem devagar a faixa de pedestres.

— Onde você está hospedado? — perguntei, mais para ocupar o silêncio e não pensar no que havia dentro da colcha costurada à mão no meu colo. Havia dois hoteizinhos na cidade, usados principalmente por parentes em visita aos estudantes e por turistas no verão.

— Tenho um trailer — respondeu ele. — Está no Estacionamento para Trailers Mikhail & Filhos. Conhece?

Claro que eu conhecia. Mikhail e os dois filhos eram metamorfos-ursos. Vasili, o caçula, era doido por cartas de Magic: The Gathering. Suas compras pagavam o aluguel do meu apartamento toda vez que saía uma nova expansão do jogo. Eram gente boa. Imaginei como eles se desdobraram em cuidados para hospedar um Juiz. Aposto que não cobraram. Eu não ia perguntar isso em voz alta. Estava mais curiosa sobre aquela história de "visão".

— Então, como é que funciona esse negócio de Juiz? Você simplesmente tem as visões e sabe aonde tem que ir? E por que não viu que a Rose estava em perigo? — Eu não pretendia fazer com que a última pergunta parecesse uma acusação, mas que se dane. De que adianta um sistema sobrenatural de leis se elas não puderem ajudar as pessoas antes que alguém seja assassinado?

— É como uma bússola — explicou ele, virando a cabeça para me olhar. Os olhos não pareciam mais lascas de gelo, mas águas profundas, e havia uma certa tristeza no olhar. — Eu sei aonde ir; sei que serei necessário. As visões são aquilo que os Nove sabem, o que compartilham comigo em meus sonhos. Sei apenas o que eles sabem. O poder não é meu, mas deles.

Percebi que o sotaque ficou mais marcante e imaginei se eu o havia aborrecido. Era difícil saber, já que o rosto esculpido continuava impassível.

— Pelo que a Harper me contou, os Nove são como deuses. Não podem oferecer nada melhor do que visões vagas?

— Não são deuses — respondeu Alek. — E no mundo existem muitas coisas que não podemos controlar. — O tom de voz e a tensão na mandíbula e nos ombros dele me alertaram que esse era um assunto perigoso.

— Ei, o semáforo está verde — avisei com uma alegria excessiva. O carro atrás de nós, claramente de alguém importante e apressado, buzinou.

Passamos os minutos seguintes em silêncio. Eu queria perguntar mais sobre a visão que ele tivera de mim, sobre eu estar de algum modo numa encruzilhada entre a vida e a morte das pessoas. Ele parecia acreditar que isso significava que eu estava matando as pessoas, mas a explicação mais plausível era muito mais assustadora. Se Samir, meu ex, tivesse me encontrado, todo mundo que eu conhecia estaria em perigo. Talvez a visão não tivesse nada a ver com quem quer que tivesse matado Rose.

Respirei fundo e abracei o volume no cobertor, sentindo os olhos arderem novamente com as lágrimas que não derramei.

— Entre naquele estacionamento à esquerda — avisei, apontando para a clínica da doutora Lake. Ficava numa casa em estilo vitoriano; como muitos dos empresários de Wylde, a veterinária trabalhava no térreo e morava no andar superior.

Alek contornou o carro e abriu minha porta, pegando Rose do meu colo. Entrei primeiro na clínica. Christie, uma jovem metamorfa-loba e recepcionista da clínica, era a única lá dentro. Suspirei de alívio.

— Oi, Christie. A doutora está por aí? — perguntei.

— Sim, está preenchendo uns documentos — respondeu ela, olhando o embrulho que Alek carregava. Ou talvez olhando Alek mesmo.

— Diga que vamos esperar por ela na sala de cirurgia. Talvez seja bom você fechar a clínica mais cedo hoje. Confie em mim, tá? — Eu realmente não queria mostrar o corpo a Christie. Ela era pouco mais que uma adolescente.

— Hã, tá bom. — Ela não gostou do que eu disse, mas levantou e correu até o consultório.

Entrei na sala de cirurgia primeiro. O cheio de álcool marcado por um matiz de sangue velho arrepiou minha pele. Eu conhecia muito bem a veterinária, já que Harper sempre resgatava animais feridos a um passo da morte e implorava que eu os levasse à veterinária por ela. Ela não sabia lidar com as vezes em que não havia nada a fazer a não ser colocar os bichinhos para dormir em paz, então eu ficava com a tarefa divertida de ouvir a doutora Lake dizer que essa era a única possibilidade.

A doutora entrou logo depois de nós. Era uma metamorfa-loba pequenina o bastante para precisar legalmente de uma cadeirinha de criança no estado da Califórnia. Era rija e cheia de energia. Ela parou e ergueu o queixo, dilatando as narinas ao farejar o ar. Se eu não andasse o tempo todo com metamorfos, teria sido meio sinistro, mas a gente se acostuma a eles farejando as pessoas para reconhecê-las ou verificar o humor delas e tal.

— Outra criatura da Harper? — perguntou ela.

— Não exatamente. — Tirei o embrulho de Alek e coloquei Rose em cima da mesa de aço inoxidável, desdobrando a colcha.

— Esse animal está morto — afirmou a doutora Lake. — E foi empalhado. Não posso fazer nada por ele.

— É a Rose Macnulty — expliquei num sussurro. — Precisamos descobrir como ela morreu.

Os olhos da veterinária se arregalaram e ela recuou meio passo, olhando de Rose para mim e, finalmente, para Alek.

— Ah, Juiz. Este é um caso do Conselho?

— O assassinato de um metamorfo é sempre um caso do Conselho.

— Você pode fazer uma autópsia? — perguntei. Não era uma pergunta de verdade, já que eu apostava que ela faria qualquer coisa que o bom Juiz pedisse a ela, mas não havia necessidade de eriçar mais pelos do que Alek já eriçava só por ser quem era.

A doutora Lake se aproximou da mesa e tocou habilmente o corpo de Rose. Puxou os lábios da raposa para olhar as gengivas, tateou o ventre, examinou as patas. Grunhiu e meneou a cabeça.

— Nem imagino como fizeram isso, mas vou abrir o corpo e ver se consigo descobrir olhando o interior. Não há costura nem buraco de bala. É o trabalho de um especialista. — Ela balançou a cabeça outra vez. — Vou calçar as luvas. Coloquem-na direto na mesa; não há razão para sujar o cobertor.

Levantei Rose para que Alek pudesse puxar a colcha. A náusea me invadiu mais uma vez, acompanhada de um formigamento elétrico na pele.

E eu soube, com a clareza de um relâmpago, onde havia sentido isso antes.

Não era só repulsa pelo corpo. Eu estava tocando magia forasteira. Há muitos tipos de magia e muitos modos de extrair poder. Eu extraía meu poder de mim mesma, de algo como um poço em meu interior. Só assim. Qualquer outro tipo de poder — seja de um ritual de bruxaria com as linhas Ley, seja das forças naturais ou de outro feiticeiro — me dá a impressão de uma coisa alienígena e esquisita. Não consigo usar nem entender, só sentir. É como ser um falante nativo do inglês e descobrir que todos os livros na sua casa de repente estão em chinês. Você sabe que significa alguma coisa, mas não consegue de jeito nenhum dizer o que é.

— Espere — eu disse. Fechei os olhos, buscando um fio do meu próprio poder. Rilhei os dentes e passei as mãos no corpo de Rose. A sensação de algo errado evoluiu para uma impressão mais sólida. Linhas escuras, trevas sobre trevas em meus olhos, envolvendo todo o corpo dela, logo abaixo da pele, antes de terminar num nó complexo no peito.

E, debaixo disso, o tum-tum fraco do coração.

— Putz — resmunguei, recuando. — Não corte. Ela não morreu. Tem batimentos cardíacos.

— Quê? — disseram Alek e a doutora Lake em uníssono.

— É magia. Ela não morreu. Está congelada de algum modo. Como estase. — Estremeci. Talvez fosse melhor ter morrido. Eu não conseguia imaginar o que era estar congelada, incapaz de me mexer e de falar. Separada da minha forma humana.

— Você pode fazer alguma coisa? — perguntou Alek. Não gostei do olhar especulativo que ele me lançou.

— Não — respondi. Era mais ou menos verdade. — Isso está muito acima do meu nível. — Era meio que mentira, mas eu esperava que não bastasse para as aparentes habilidades de detecção de mentiras do Juiz captarem. — É um tipo de magia que não posso usar. Quem quer que tenha lançado o feitiço precisa desfazê-lo. Se é que isso é possível. — Tudo isso era verdade. Grande Universo, eu esperava que fosse possível. Do contrário, Rose ficaria presa desse jeito até o feitiço se degradar o bastante para deixar de mantê-la viva. Isso poderia levar anos, até séculos, dependendo de como exatamente aquele tipo de magia funcionasse.

— Então vou encontrar quem fez isso e obrigá-lo a desfazer antes de matá-lo. Ótimo. — Alek se virou para a porta.

— Espera aí, Rambo. Preciso de uma carona de volta para minha loja. — Não que eu estivesse ansiosa para contar a Harper o que havíamos descoberto. Eu não sabia se não-exatamente-morta era pior. Não tínhamos respostas, só novas perguntas.

— Vou manter a Rose aqui, se vocês quiserem, e ver se consigo descobrir um modo de monitorar os sinais vitais dela — propôs a doutora Lake, falando tanto comigo quanto com Alek. — Se alguma coisa mudar, eu te ligo, Jade.

O semáforo continuava verde no caminho de volta. Desta vez, ficamos em silêncio.

Ezi, Levi e Harper esperavam por nós no meu apartamento acima da loja. Levei Alek pela escada dos fundos. Três faces de olhos avermelhados nos receberam quando entramos na minha pequena sala de estar. O apartamento é longo e estreito e só tem um quarto. A sala de estar é dominada pelo meu sofá de veludo roxo e uma TV de LED de 55 polegadas. Instalados debaixo dela estão praticamente todos os consoles que você puder imaginar. Uso mais o Xbox, mas às vezes não há nada melhor do que detonar meus polegares jogando Armada no meu velho Dreamcast .

Uma moça precisa ter opções. Para mim, videogame é que nem sapato, mas tem mais pixels e um enredo .

Harper estava entre Ezi e Levi, ainda aninhada no suéter vermelho de Ciaran. Quando entramos, os dois pegaram as mãos dela e se voltaram para nós, na expectativa.

— Então — eu disse com um sorriso fraco. — O que querem primeiro, a boa ou a má notícia?

— Minha mãe está morta. Não tem boa notícia.

A não ser que a caminho da clínica vocês tenham atropelado o cara que fez isso. — Harper me olhou com firmeza, os olhos verdes inchados e brilhantes de lágrimas.

— Na verdade, ela não morreu. Essa é a boa notícia. E meio que a má notícia também. — Fiz uma careta. Quando ensaiei mentalmente as palavras, elas pareceram mais solidárias e gentis.

— Não morreu? Mas eu vi. Ela estava... Como? — Quase pude ver a esperança se acender como as luzes do fogo-fátuo nos olhos de Harper. Rezei para que a esperança que eu dava a ela não fosse falsa. A situação poderia piorar muito se Alek não encontrasse o usuário de magia responsável e o forçasse a desfazer o que fizera.

— Magia — respondi. — Ela está sob algum tipo de feitiço que a mantém na forma animal e nesse estado congelado.

— Por que diabo alguém faria isso? — perguntou Levi.

— Boa pergunta. — Balancei a cabeça e olhei para Alek. Ele fez questão de vir ficar ao meu lado, perto demais para o meu conforto, mas eu não ia me afastar . Teria sido óbvio demais.

— Farei essa pergunta quando o encontrar — afirmou Alek com um sorrisinho que me fez pensar em coelhos gritando e sangue espirrando em paredes brancas. Não era um sorriso nem um pouco simpático.

— Não me importa o motivo! — berrou Harper. — Encontre a pessoa e mande-a desfazer.

Ciaran bateu na porta dos fundos antes de entrar na sala tensa e, agora, silenciosa. Estava sem fôlego e animado.

— Aqui está a documentação. — Estendeu para mim uma pasta de manilha.

Eu a peguei e a abri na mesinha preta de centro depois de jogar de lado os controles remotos. A fotocópia de uma carteira de identidade dizia que o cara que vendeu Rose era um tal Caleb Greer, 32 anos, residente em Boise, Idaho. Cabelos castanhos, olhos castanhos, 1,72 m de altura, 68 kg.

— Ele estava mais magro que na foto. Se esse documento não informasse que tem mais de trinta, eu teria pensado que era um universitário — disse Ciaran.

— Deve ser — disse Ezi. Inclinou-se para a frente, olhando para o documento virado de cabeça para baixo. — Quero dizer, qual é a probabilidade de um cara de meia-idade de Boise vir até aqui para vender uma raposa empalhada? Provavelmente, a identidade é falsa ou foi roubada.

— Tenho a assinatura dele na nota da venda e as impressões digitais; aqui, está vendo? Todas as minhas transações são honestas — afirmou Ciaran. Cruzou os braços e apertou os lábios até virarem uma linha fina, resmungando em irlandês sobre cachorros cretinos.

— E aí? A gente começa a bater de porta em porta nos dormitórios da universidade até o Ciaran reconhecer alguém? — perguntou Levi.

— Se for preciso — respondeu Harper. A esperança no olhar dela se transformara em raiva.

Resisti a fazer um comentário sobre a raiva levar ao ódio e o ódio levar ao lado negro, mas a tensão e o nível de desejo predatório de matar eram bem palpáveis na sala. Embora fizesse muito sentido no contexto "fizeram uma coisa pavorosa com alguém que eu amo", soltar os cachorros, por assim dizer, na população mais normal da Universidade Juniper parecia um plano bem ruim, na realidade. Até onde sabíamos, algum moleque poderia ter encontrado Rose enfeitiçada à beira da estrada com uma placa de "grátis" e imaginado que conseguiria ganhar um dinheirinho extra.

— Há uma opção melhor — eu disse, censurando-me mentalmente ao mesmo tempo que minha boca continuava a falar. Eu não deveria fazer magia. Não deveria me envolver. Eu me sentia como Sarah em Labirinto, quando ela cai naquele poço cheio de mãos e escolhe continuar descendo. Agora era tarde demais. — Posso fazer um feitiço — continuei. — A assinatura e as digitais provavelmente bastam para eu criar um dispositivo de rastreio. Se ele ou ela estiver num raio de trinta quilômetros, o dispositivo vai apontar direto para a pessoa.

Pronto, isso era mais ou menos verdade. Tive o cuidado de não olhar para Alek, embora pudesse senti-lo olhando com firmeza para mim. Ele não confiava mesmo em mim, então ele podia pegar aquela arrogância toda e...

Hmm. Pegar. Alek.

Minha mente se agarrou àquela ideia por um momento e tive que pedir para Harper repetir o que disse antes de perceber que ela havia feito uma pergunta.

— Do que você precisa?

Tecnicamente, não precisava de nada. Mas eu não faria parte da ação. Isso era claramente assunto de Juiz. Se o moleque estivesse envolvido, não haveria nada que eu pudesse fazer para evitar a sentença de morte dele por mexer com metamorfos.

Um Juiz era juiz, júri e executor. Na maior parte do mundo fora de Wylde, onde era densa a população metamorfa, os metamorfos se escondiam, mantendo cuidadosamente uma fronteira entre eles e os normais. Quem cruzasse essa fronteira arriscava deixar que os humanos descobrissem as coisas que vagam pela noite numa escala alarmante, e ninguém queria isso. A Inquisição e os nazistas não perseguiam só humanos. Muitos metamorfos, bruxos e bruxas foram pegos em meio à loucura humana ao longo dos séculos.

O Conselho dos Nove e o sistema dos Juízes como mantenedores da paz e da lei entre os metamorfos veio um pouco depois da pior parte da Inquisição, pelo que Ezi me contou. Comparada aos experimentos e ao massacre total, a inflexibilidade da lei metamorfa era bem compreensível.

— Uma bússola — respondi. — O resto eu já tenho aqui.

— Volto já — avisou Ciaran, virando-se e correndo porta afora.

Voltou com uma bússola de bronze moldada para parecer um antigo relógio de bolso.

— Perfeito. Só me deem um minuto. — Peguei a bússola e a pasta e entrei no quarto, trancando a porta.

Respirei fundo. A tarefa não exigiria muita magia. Ainda estaríamos a salvo. Wylde tem tantas linhas Ley, todo um círculo de bruxas, alguns milhares de metamorfos e provavelmente outros sobrenaturais que desconheço.

Um feitiçozinho de nada não ia me delatar. Provavelmente.

Loba se materializou no ar, como sempre, e pulou na minha cama, observando-me com a cabeça inclinada e as orelhas em riste. Não entendi se ela aprovava meu gesto ou não.

Eu me ajoelhei e coloquei a bússola no chão, em cima da impressão digital. Segurando o dado de prata em forma de poliedro que levo pendurado no pescoço, me concentrei, buscando a magia nas profundezas do meu poço interior.

Esse tipo de magia não é minha especialidade. Na minha antiga vida, antes de quase ser morta e devorada, fui mais uma feiticeira exibida do tipo que arremessa bolas de fogo.

Criar uma espada mágica instantânea de gelo impossível de derreter? Deixa comigo. Quer causar um terremoto localizado ou fazer cair chuva ácida? Isso eu também podia fazer, muito tempo atrás. Samir e eu costumávamos treinar num aglomerado de armazéns abandonados que ele havia comprado em Detroit. Às vezes, íamos a ilhas desertas nos Grandes Lagos para fazer as coisas realmente espetaculares.

Cresci e afiei minha magia com manuais de Dungeons & Dragons nos anos 1980 , educada por um bando maravilhoso de programadores e gamers depois que minha família me expulsou de casa. Todd, Kayla, Sophie e Ji-hoon me acolheram depois de eu passar um ano infernal nas ruas de Nova York. Foram a coisa mais próxima de uma família de verdade que já tive. Até Samir destruir isso também.

Respirei fundo outra vez. Deixei o passado fluir para longe de mim e me concentrei na digital, nas linhas e espirais gravadas em tinta preta. Não havia um feitiço de D&D pronto para o que eu queria fazer, mas tudo bem. Os RPGs são apenas isto: jogos. Não são mais reais que o Godzilla e o He-Man. Eu usava os feitiços como uma espécie de canal quando era adolescente, um jeito de aprender a me concentrar e impor minha vontade sobre o poder que fluía naturalmente dentro de mim.

Concentrei-me na digital, depois na ideia da mão que havia feito a assinatura. Meu poder fluiu até meu amuleto e se despejou na bússola. A agulha estremeceu, depois girou e por fim parou, apontando não para o norte, mas para o noroeste. Em direção à Universidade Juniper.

Selei o feitiço focalizando minha vontade mais uma vez, visualizando um fio de poder como uma linha de monofilamento que ia do dado de vinte faces no meu pescoço até a bússola. Ela se sustentaria até eu soltar ou ter ido longe demais, mantendo a bússola ligada ao meu poder.

— Deseje sorte para o tal moleque — murmurei para Loba ao me levantar. Fui até a sala levando a bússola. — Pronto. — Entreguei-a para Alek. — Isso vai levar você direto ao proprietário daquela impressão digital. Ah, hã, tome cuidado. Quem quer que tenha feito isso com a Rose, não é gente boa.

— Também não sou gente boa — disse Alek com outro sorriso do tipo no-fundo-sou-um-assassino. — E tenho certas defesas contra a magia que a maioria das pessoas não têm.

Quase perguntei, mas consegui ficar de boca fechada antes que ele ficasse ainda mais desconfiado de mim.

— Encontre-o e obrigue-o a desfazer o feitiço. Me prometa, Juiz. — As mãos de Harper estavam crispadas em punhos no colo dela enquanto cuspia as palavras.

Alek começou a balançar a cabeça enquanto falava.

— Eu n...

Mas eu o belisquei na parte de trás da coxa e torci com força, lançando a ele meu melhor olhar de não-se-atreva-a--magoar-minha-amiga.

— Eu farei o melhor que puder — corrigiu-se ele. Sua reação não passou de um leve esboço de sorriso. Talvez ele não me detestasse completamente. Ótimo.

Ele tinha umas coxas bem firmes. Joguei esse pensamento na gaveta lotada da minha mente com a etiqueta "pensamentos inapropriados sobre Alek".

Depois que ele saiu, outro silêncio constrangedor tomou conta da sala. Harper finalmente o rompeu, levantando-se.

— Cadê minha mãe?

— Está com a doutora Lake — contei. — Ela quis mantê-la em observação, monitorar os sinais vitais. Vai me ligar se houver alguma mudança. — Dei um tapinha no bolso do jeans onde havia guardado meu telefone. Em observação e com sinais vitais monitorados era um jeito bom, profissional e simpático de falar, como se Rose estivesse só hospitalizada depois de um acidente em vez de magicamente encarcerada em seu corpo de raposa, paralisada e indefesa.

Tá legal. Meus pensamentos não estavam mesmo a fim de ajudar.

— Quero ir para casa — disse Harper. — Mas não sei se consigo encarar o Max. Ai, meu Deus.

Quando pensou no irmão, seus olhos começaram a lacrimejar outra vez.

— Vamos com você — garantiu Levi.

— É, claro — concordamos Ezi e eu.

— Tá. Mas talvez a gente não conte nada. Não sei. Preciso pensar. — Harper respirou fundo e se levantou.

— Estarei na minha loja, se precisarem de mim — disse Ciaran, pedindo licença.

— Obrigada, Ciaran — respondi, apertando o braço dele num gesto amistoso enquanto íamos todos até a porta. — E, Harper, a gente conta ou não conta para o Max o que você quiser. Vai ficar tudo bem.

Eu poderia dar uma facada em mim mesma por dizer a última parte, mas o olhar de esperança que ela me deu fez a mentira valer a pena. Diabo, até onde eu sabia, talvez não fosse mentira. Talvez o Juiz fosse tão invencível quanto pensava e arrombasse uma porta ou arrastasse o cara que fez isso até a clínica e ao cair da noite já estivéssemos tomando chá e comendo biscoitos com Rose na sua cozinha caipira-chique.

Afinal, num mundo cheio de metamorfos, bruxas, deuses e feiticeiros, talvez existam milagres.

CAPÍTULO 5

A noite caiu sobre nós como uma mortalha enquanto saíamos da cidade e percorríamos a estrada estreita de mão dupla rumo ao Albergue da Granja , lar de Harper e sua família. Eu ia no banco traseiro do Honda Civic de Levi com Harper, mas fazíamos silêncio, cada um perdido nos próprios pensamentos, acho.

Os habitantes, como meus amigos no carro, chamam a Floresta do Rio sem Volta de "Frank", por causa do primeiro nome, já que tecnicamente é a Floresta do Rio sem Volta-Frank Church . Eu resistia a chamá-la de Frank, mas, em momentos tristes como aquele, o nome completo combinava. Rio sem Volta. O que quer que acontecesse depois daquela noite, depois de encontrar Rose e a magia negra que a aprisionava, nada mais voltaria a ser como antes. Éramos amigos, claro, mas nunca havíamos encarado juntos nenhum infortúnio real. Sentávamos à mesa algumas vezes por semana e fingíamos ser magos, bardos e bárbaros combatendo dragões e reis mortos-vivos perversos.

Olhei pela janela para não ficar olhando como

uma boba para Harper. Vi o sol desaparecer num borrão vermelho-sangue atrás dos picos negros dos abetos e pinheiros.

É. Minha mente não estava nem um pouco mórbida e desesperançada.

— Você acha que ela está acordada? Quero dizer, consciente. Tipo, será que ela consegue me ouvir? — sussurrou Harper. Ainda estava com o rosto colado à janela, os olhos espreitando as árvores cada vez mais escuras.

Entendi o que ela queria dizer. Aquelas perguntas também me preocupavam. Porém, eu não tinha respostas. Harper havia perguntado o que eu achava, então decidi que isso permitiria mais uma mentirinha. Chega a ser engraçado como a gente destrói as coisas aos poucos.

— Acho que ela está dormindo. Esse tipo de magia requer um ritual. Aposto que ela estava dormindo quando aconteceu e ainda está. Aquele grandalhão loiro e sinistro vai encontrar e deter o desgraçado que fez isso. Aí ela vai acordar, como a Bela Adormecida. — Sorri para ela de um modo que esperei ser reconfortante.

— Só que sem a parte de ser estuprada e ter um bebê depois de cem anos — Ezi disse no banco da frente, lembrando uma versão do conto de fadas.

— Ai, meu Deus, e se ele tiver feito alguma coisa com ela antes de enfeitiçá-la? Ou depois? — Harper começou a soluçar de novo.

— Ajudou pra caramba, seu tonto. — Inclinei-me para a frente e dei um piparote na orelha de Ezi.

— Alek vai encontrá-lo — garantiu Levi. — Os Nove nunca falham em fazer justiça.

— Deveríamos ter ido com ele — disse Harper. — Eu deveria.

— Para quê? — respondi. — Nenhum de nós tem experiência na aplicação das leis. Nenhum de nós sabe nada sobre caçar alguém, nem como lidar com magia hostil. — Uau, eu estava sendo uma mentirosa de primeira. Por que parar quando se está indo bem, né? — A gente atrapalharia. Lembram o que vocês me disseram sobre os Juízes? Eles são muito bem treinados, tipo, desde que nascem e liberados para agir como juiz, júri e executor sobrenatural. Acho que nenhum de nós quer ficar no caminho de um cara desses.

— É, acho que não — disse Harper, endireitando-se um pouco.

— A gente poderia matar o cara de aflição com toda a nossa nerdice, ué — argumentou Levi.

— Urrú, é isso aí, nova técnica de tortura. Vamos obrigá-lo a ver só Highlander II e Star Trek V! — Ezi se virou no banco, esticando a mão para apertar amigavelmente o joelho de Harper.

Ela riu um pouco em meio aos soluços trêmulos.

— Qualquer um confessaria seus segredos para evitar tanto sofrimento, né? — O sorriso dela era bem fraco, mas pelo menos não estava mais olhando pela janela com ar inexpressivo e deixando a mente passear por todo tipo de cenário de horror.

Meu telefone começou a tocar o tema do Mega Man e eu o tirei do bolso. Ciaran.

— E aí?

— Dois homens. Armas — disse Ciaran com pressa, em irlandês. Ao fundo, ouvi alguém, com certeza uma voz masculina, dizer alguma coisa sobre falar inglês, e Ciaran afirmou que era só uma saudação da sua terra. — Jade, há um problema com aquela raposa empalhada que vendi para você. Desculpe por ligar tão tarde, mas será que pode trazer a raposa de volta assim que possível?

— Claro. Estou com ela. Chego em meia hora, pode ser? — Só levaríamos quinze minutos para voltar se Levi pisasse fundo.

— Está ótimo. Entre pela porta da frente; vou deixá-la aberta para você.

— Beleza. Até já.

Eu me certifiquei de que o telefone estivesse desligado e rosnei para Levi:

— Vira o carro. Tem dois homens armados procurando a Rose na loja do Ciaran. Temos que voltar.

Levi pisou no freio e executou o retorno de três pontos mais rápido que já vi e prefiro nunca, nunca mais ver. O carro podia parecer compacto e confiável, mas dentro dele havia um motor bestial que provavelmente nem cumpria a legislação, e sentimos toda a força da gravidade quando ele meteu o pé no acelerador e disparou de volta à cidade.

— Devo ligar para a xerife? — perguntou Ezi.

— Ainda não. Não sabemos com que estamos lidando e não quero que Ciaran acabe morto. Vou entrar e ver o que há. Se eu não voltar depressa, chamem a polícia. Vou deixar o telefone em chamada para que vocês possam ouvir.

— Por que é você quem vai entrar? — perguntou Harper. — Se eles querem minha mãe, vão ter que passar por mim. Não tenho medo de bala. — Parecia pronta para entrar em modo peludo e liberar sua assassina em série interior.

— Eles estão me esperando. Partir para cima deles seria gostoso, mas não resolveria nada. Além disso, ainda não sabemos com o que estamos lidando. Eles podem ser humanos e, nesse caso, matá-los será meio que homicídio e nem os nossos policiais gostariam disso — expliquei. A xerife local tinha um cargo eletivo, então, é claro que era um metamorfo. Mas acho que a última vez que nossa cidade viu um homicídio de verdade foi na era das charretes e dos pistoleiros em saloons com chapéus de caubói.

— Dá para ir mais rápido? — perguntou Harper.

— Talvez — respondeu Levi.

No fim das contas, deu. Chegamos à loja de Ciaran em menos de quinze minutos, desacelerando para passar na frente sem parecer um bando de malucos. A rua principal ficava quase deserta depois do anoitecer na nossa cidadezinha pacata. A maior parte das pessoas estava nos bares do outro lado da cidade ou na lanchonete.

Todas as lojas estavam fechadas ali e não havia nenhum pedestre à vista.

Tiramos um cobertor térmico do porta-malas do Honda, eu o desdobrei e o embolei, carregando-o nos braços. Afinal, eles esperavam ver alguém trazendo alguma coisa. Imaginei que, na pior das hipóteses, eu poderia usar o cobertor como uma distração meia-boca.

— Tá legal. Harper, fique aqui fora, perto do carro e de olho na porta. — Ela começou a protestar e lancei meu melhor olhar de súplica. — Confia em mim? Preciso de você aqui para me dar cobertura.

Quando ela finalmente concordou e seus ombros se curvaram, continuei com o plano.

— Levi e Ezi, vão para a porta dos fundos. Se eu não tiver saído em dez minutos ou se eu disser alguma coisa sobre minha avó ao telefone, liguem para a xerife Lee. Acho que ninguém pensou em anotar o número do Alek, né? — Eu com certeza não havia anotado. Toquei meu amuleto. O feitiço continuava ativo, o elo, espesso e forte.

Se Alek ainda estivesse com a bússola, provavelmente não estava longe.

Eles menearam a cabeça, fazendo que não.

— Tá. Não importa. Não tomem tiro.

Para mim é fácil falar, pensei enquanto entrava na Antiguidades Ciaran. A loja estava escura, a não ser por uma luz no corredor dos fundos, vinda da porta aberta do escritório.

A penumbra só enfatizava as sombras estranhas projetadas por diversas lâmpadas, estátuas, armários e outros objetos. Nunca tinha notado que esse lugar era tão sinistro à noite.

Também nunca havia entrado lá esperando encontrar homens armados. Correlação não é causalidade, mas, nesse caso específico, era quase a mesma coisa.

Tentei acalmar meus pensamentos aleatórios e criar um plano que incluísse mais que não tomar tiro. Pensei em usar magia para subjugar os homens, mas só a manutenção do feitiço de rastreio já me deixava mais cansada do que pensei que ficaria. Uma dor de cabeça havia cravado os dedos ávidos nas minhas têmporas como um torno.

Para um feiticeiro, a magia é como um músculo: se não usar muito, não a perde completamente, mas ela se atrofia e passa a não funcionar tão bem. Às vezes, eu exercitava meu poder nos fins de semana, erguendo pedrinhas e mantendo-as suspensas em vários padrões. Nada de mais, nada que sacudisse a teia de informantes de Samir, ou seus sensores, ou sei lá como me rastreava, e o fizesse vir atrás de mim como uma aranha esfomeada.

Talvez eu pudesse fazer algo mais coincidente, mais coisa de mago da White Wolf que do Dungeons & Dragons. Emperrar as armas. Derrubar um armário na cabeça deles.

Só que eu não fazia ideia de como emperrar uma arma. Nem quanta magia poderia me expor. As linhas Ley e a população sobrenatural só podiam me esconder até certo ponto, principalmente de alguém que conhecia minha magia, a aparência e a sensação que ela causava.

O jeito era improvisar. Nada de magia. Talvez eu devesse ter passado na minha casa antes e pegado uma faca. Lembrei-me de um ditado sobre levar uma faca a um duelo de pistolas e essa ser uma péssima ideia. Tá, o jeito era esperar que eu conseguisse derrotar dois homens só com minha astúcia e um cobertor. Belo plano.

— Ciaran? Eu trouxe a raposa — avisei ao percorrer cuidadosamente a loja. Não queria surpreender ninguém que estivesse armado.

— Estou no escritório — gritou Ciaran.

Vi uma sombra se mexer no corredor além do escritório. Era grande demais para ser o leprechaun. Um dos pistoleiros?

Então, avistei um olhar cintilante, como quando os olhos de um gato captam a luz e brilham no escuro. Alek deu um passo à frente, só o bastante para eu distinguir suas feições, mas ficou no lugar, escondido de qualquer um que estivesse dentro do escritório. Levou o dedo aos lábios, pedindo silêncio, e fez um movimento de saia daqui. Balancei a cabeça, recusando.

— Ciaran — chamei de novo. — Está muito escuro aqui. Você pode vir acender uma luz? Vou acabar esbarrando em alguma coisa e me machucando, e esta raposa é superdesajeitada.

Ouvi sussurros vindos do escritório. Avancei, tentando ser sorrateira e não derrubar nada. Deixei o cobertor deslizar do meu corpo para o chão e o chutei para baixo de uma mesa, pronta para acompanhá-lo se começasse uma saraivada de balas.

— Fique bem aí — gritou Ciaran.

Ele saiu do escritório, um homem mais alto e magro parado logo atrás dele. Presumi que o cara estivesse apontando uma arma às costas de Ciaran.

— Solte a arma e mande seu amigo não fazer nenhuma idiotice. — A voz de Alek era calma e grave. E fria o bastante para fazer arrepios descerem minha coluna.

— Droga — disse o cara atrás de Ciaran. Virou a cabeça e viu a silhueta enorme de Alek nas sombras, apontando um grande revólver para a cabeça dele. — Jimmy, não faça nenhuma idiotice.

— Tem um cara aqui com uma arma — disse alguém, imaginei o tal Jimmy, dentro do escritório. — O que a gente faz? Não, não. Não faz isso. Desculpa. A gente pode dar um jeito. Não!

O cara no corredor se voltou lentamente para a porta.

— O que ele está fazendo?

Ciaran escolheu aquele momento para saltar para a frente e se abaixar atrás de um grande armário oriental. Em pânico, o cara com a arma começou a atirar na loja escura ao se virar na direção de Alek.

Mergulhei no chão também e uma dor lancinante surgiu na lateral do meu corpo e na perna. Rastejei sem a menor dignidade para debaixo da mesa.

Da minha posição agonizante, mas quase segura, vi Alek ser atacado por outro homem, mais baixo e mais corpulento que o primeiro. Eles se atracaram e o primeiro cara correu direto para mim, embora eu não soubesse se ele conseguia me ver. Num gesto brilhantemente planejado, joguei o cobertor que estava embolado perto de mim na frente dele e ele caiu esparramado em cima da mesa, derrubando coisas que só o universo sabe ao nosso redor.

A dor na minha perna quase nublou minha visão, mas segurei o cara. Ele sabia o que havia acontecido com Rose. Ele era a chave; eu não podia decepcionar Harper só por causa de um ferimento idiota.

— Pode. Parar. Já — sibilei.

Ele parou de lutar comigo tão de repente que quase o soltei. Por um momento, ele ficou paralisado, depois ergueu a mão e puxou do pescoço um medalhão pendurado numa corrente. Não pude distinguir os detalhes na penumbra, mas a náusea voltou e senti o mesmo tipo de magia esquisita que havia encarcerado Rose agindo ali.

— Não não não nãonãonão. — A voz do homem se tornou uma litania conforme o medalhão começava a brilhar num verde doentio.

Sentindo dor, sangrando e sem opções, busquei meu poder quase por instinto, lançando-o num círculo prateado gigante em torno de nós dois, tentando bloquear a magia forasteira. O que quer que aquela coisa estivesse fazendo, não era bom.

O outro pistoleiro estava gritando e ouvi Alek xingar vagamente. Então, parou; a luz verde doentia se apagou como se tivesse sido só minha imaginação. O homem diante de mim jazia no chão, o peito subindo e descendo devagar, mas, ao que parecia, estava inconsciente.

— Jade! — Era a voz de Harper.

Ciaran acendeu as luzes e eu me encolhi, piscando depressa para tentar adaptar os olhos. Harper apareceu e chutou a arma para longe da mão do homem. Cara, sério, agora que podia ver o rosto dele, duvidava que ele fosse maior de vinte e um.

— É uma armadilha — eu disse, acenando para Harper recuar. — Pegue um machado.

— Truque, não armadilha. Fala sério. — Ela o cutucou com o sapato.

Errando citação de Uma Noite Alucinante 3? É, eu estava muito ferida. Rastejei adiante, tentando não apoiar meu peso no quadril machucado. Sentia a bala dentro de mim, o corpo reagindo ao objeto desconhecido, tentando expulsá-lo e se curar. Eu precisava sair dali antes de me curar completamente ou teria que responder a perguntas bem inconvenientes.

Mas queria o medalhão do garoto. Arranquei-o do pescoço dele enquanto fingia procurar a pulsação e o guardei dentro do sutiã ao curvar o corpo para impedir que Harper visse meu ferimento.

Falhei.

— Você foi baleada? Está sangrando. — Harper tirou a camiseta e se debruçou sobre mim, tentando estancar meu sangramento com o tecido.

— Meu telefone quebrou quando entrei debaixo da mesa — respondi, pegando a camiseta dela e cobrindo o ferimento como pude. Não queria olhar para ele ainda. Se a aparência fosse como o que eu sentia, devia ser um desastre. — São só uns cortes. Vou ficar bem.

— Chamamos a xerife Lee; ela está a caminho — disse Ezi. — Caramba, você foi baleada?

Eu tinha que sair dali. Tipo, já.

— Não, são só uns cortes. Vou para casa me lavar. Esse cara precisa de um médico ou coisa assim. Não sei o que aconteceu. — Tentei me levantar e me arrependi horrores.

— Este aqui está morto. Não sei como. — A voz de Alek.

Morto? Ah, isso era ruim. Pensar estava ficando mais difícil. Decidi me preocupar com uma coisa de cada vez. A primeira era descobrir como sair dali, subir a escada até meu apartamento e saber se eu conseguiria entrar na banheira antes de desmaiar de dor. Seria bem mais fácil limpar o sangue na banheira do que no carpete da sala. Eu não conseguiria o seguro-caução de volta. E tudo bem, já que eu o devia a mim mesma, mas ainda assim. Eu era uma senhoria bem malvada.

— Harper, vá com a Jade. Quanto menos gente se envolver nisso, melhor, não? — disse Ciaran.

— Tenho que ficar, já que liguei para a xerife — comentou Levi.

— E eu também, já que ela nunca acreditaria que só um de nós estava aqui — acrescentou Ezi.

— Eu a levo — disse Alek. Veio para o meu lado com uma rapidez absurda e, em seguida, de algum modo, eu estava nos braços dele. — Não se oponha — sussurrou em russo, seu hálito quente no meu cabelo. — Obviamente você não quer que eles saibam que foi baleada, então, cale-se e me deixe carregá-la.

Já que a rainha dos Zergs das dores supremas e todos os seus Broodlings repletos de dor tinham decidido passar uma temporada no meu quadril, decidi calar a boca e deixá-lo me carregar.

Harper tentou entrar no banheiro conosco, mas fechei a porta na cara dela, murmurando alguma coisa sobre gente demais num espaço pequeno. Eu esperava ter dito alguma coisa que fizesse sentido, mas sentia dor e pânico demais para me importar.

Havia usado minha magia — tipo, muita magia. Talvez demais. Minha mente certamente achava que eu tinha usado mais que demais. Eu estava destreinada e me senti como uma ex-atleta que tivesse passado alguns anos no banco de reservas e de repente tentasse vencer o Usain Bolt na prova dos cem metros.

Além disso, os efeitos colaterais mais passivos de não ser humana estavam cobrando um preço. Meu corpo empurrava os fragmentos do telefone celular e do que parecia um milhão de pedaços de bala para fora do meu quadril, acompanhados do que pareciam milhares de litros de sangue.

Alek me colocou com o maior cuidado possível na banheira e sacou uma faca.

Eu me encolhi e ergui as mãos, mas ele apenas suspirou e levou a mão às minhas calças.

— Preciso cortar o tecido e dar uma olhada.

— Harper — sussurrei, depois continuei em russo: — Ela pode nos ouvir.

Um calor estranho tomou conta do banheiro e vi as paredes adquirirem um brilho ligeiramente prateado.

— Agora ninguém fora deste cômodo pode ouvir nada — disse ele.

— Imagino que um Juiz venha com recursos extras.

— Primeiro cuidamos do seu ferimento. Depois conversaremos.

Eu não sabia qual dessas duas coisas me agradava menos. Ele cortou e tirou meu jeans, e não foi nada parecido com as fantasias que eu não me deixara ter sobre ele tirando minhas roupas. Estava ocupada demais tentando travar os dentes com os músculos das mandíbulas para dizer isso a ele, graças ao universo.

Com o ferimento lavado — o que, vou te contar, foi uma experiência adorável que espero nunca repetir —, não parecia tão ruim. Era tipo um bife depois que a gente desconta a raiva nele com um martelo. E, de bônus, eu agora sabia como era o osso do meu quadril e tinha uma boa coleção de fragmentos de metal para mostrar aos netos. Meu telefone parecia ter recebido a maior parte do impacto e tinha dado perda total.

Depois que limpamos a ferida, deitei na banheira, concentrando-me em respirar e em não desmaiar.

— O sangramento parou — disse Alek. Que cara prestativo.

— É. Dê um tempinho. Eu vou sarar. — Queria que ele calasse a boca e fosse embora.

— Você não é uma bruxa.

— Você é excelente em frisar o óbvio — respondi, abrindo os olhos. — Como sabia que eu entendo russo?

— Digamos que foi um palpite.

Ele se apoiou no gabinete da pia, parecendo totalmente deslocado no banheiro pequeno. Virei a cabeça, escolhendo olhar para o pôster do Dragon Ball Z que havia na porta do banheiro em vez de para aqueles olhos azuis reflexivos e penetrantes.

— O que aconteceu lá? Que tipo de magia era aquela? E como você salvou aquele garoto?

— Neste momento são perguntas demais para o meu cérebro — eu disse. E não queria responder a nenhuma delas. A algumas eu nem tinha que responder, na verdade. Como que tipo de magia era aquele. Magia humana, eu tinha certeza, então significava provavelmente um ritual. Mas não era qualquer pessoa que poderia fazer um ritual, assim como uma criança não poderia abrir o Guia do Jogador de Dungeons & Dragons e já lançar Mísseis Mágicos. A magia estava em toda parte, em tudo, mas era como a luz solar ou as moléculas de carbono. Se você não tiver as ferramentas para usá-la e a habilidade para ao menos tocá-la, não há como fazê-la funcionar apenas tentando.

Para fazer um ritual, é preciso ter conhecimento, tempo, uma fonte de energia que você possa acessar, os ingredientes certos e foco, combinados a uma vontade forte o bastante para unir tudo isso. Aqueles garotos não estavam trabalhando sozinhos. Jimmy, o morto, estivera falando ao telefone com alguém. Alguém que tentara matar os dois, usando os medalhões.

— Você está pensando muito para alguém que finge não saber nada — disse Alek, interrompendo meu fluxo mental semiconsciente.

— Eu não sei nada mesmo. É só especulação.

Rápido como um gato, ele se debruçou sobre mim e enfiou a mão grande e quente na minha camiseta. Quando eu imaginara Alek pegando nos meus seios, não tinha sido exatamente assim. Ele tirou o medalhão de dentro do meu sutiã e balançou diante de mim. Distingui um padrão de círculos na superfície preta manchada, e parecia ter sido moldado em argila.

— Você me imaginou pegando seus seios? — perguntou ele, abrindo aquele sorrisinho que eu tinha visto um milhão de anos atrás, naquela tarde, antes que tudo desse errado e virasse um inferno.

Claramente, eu havia pensado em voz alta.

— É a perda de sangue falando — respondi. Tentei apanhar o medalhão. — Devolve isso.

— Diga o que é — retrucou ele, levantando-se e saindo do meu alcance.

— Não sei. — Abri um sorriso para mostrar que, ora, às vezes eu dizia a verdade.

— Mas você pode descobrir. — Nem era uma pergunta.

Que injusto.

— Não sei — respondi. — Talvez. Hoje não. Estou meio que em modo de cura aqui. Por que você não vai embora? Revogo seu convite para entrar na minha casa.

— Não sou um vampiro. — Ele inclinou a cabeça de lado, aqueles olhos gélidos se estreitando ao me olhar. — Não pode ordenar que eu saia.

— Vampiro não existe — murmurei. Senti que corei e imaginei se ainda me restava sangue para isso. Estava deitada numa banheira sem metade das calças e com só um retalho da calcinha preta cobrindo as partes íntimas. Queria ter colocado roupas íntimas melhores. Ou me depilado nos últimos dois dias. Só que ele era um metamorfo, então talvez preferisse mulher peluda.

Tá bom. Com toda certeza era a perda de sangue que estava falando.

Olhei para meu quadril. Os ferimentos estavam quase fechados. Parecia muito mais uma escoriação séria do que um monte de cortes que precisassem de pontos. Hora de sair da banheira e descobrir se eu tinha alguns Band-Aids.

— Você ainda está aqui? — perguntei. — Me ajuda a levantar.

Ele me puxou para fora da banheira como se eu não pesasse mais que um gatinho. Perdi o pedaço de calcinha, mas consegui jogar uma toalha por cima do meu corpo enquanto me apoiava pesadamente no gabinete da pia.

— Tá, eu preciso me limpar e você precisa mesmo ir embora. Talvez aquele garoto acorde e conte o que está acontecendo.

Ele pegou meu queixo na mão e inclinou minha cabeça em sua direção, aproximando-se. Cheirava a baunilha e feno deixado ao sol.

— Voltarei amanhã. E você contará a verdade, Jade Crow. — Não restava vestígio do sorriso em seu rosto.

— Vai se foder — respondi, afastando a cabeça com um tranco. Foi um erro. Pontinhos vermelhos e pretos nadaram diante dos meus olhos e o torno da dor de cabeça se apertou ainda mais.

— Pensei que tivesse revogado o convite — disse ele, e, como uma porcaria de Dr. Jekyll e Mr. Hyde, já estava sorrindo outra vez.

— Eles treinam vocês para ser tão irritantes assim na Academia de Juízes ou é só o seu jeito de ser? — retruquei ao me virar cuidadosamente, tratando de não olhar para o espelho, e abri o armário de remédios. Eu tinha Band-Aids. Marquei ponto.

— É uma característica de família. — Ele deixou o medalhão no gabinete e abriu a porta. O escudo prateado que lançara no banheiro se dissolveu. — Eu voltarei — repetiu, olhando para trás.

Harper estava parada perto da porta e se meteu no banheiro assim que Alek saiu.

— Uau, ele conseguiu falar essa frase sem um pingo de ironia — disse ela. — O que vocês estavam fazendo aqui?

— Disputando para ver quem desvia o olhar primeiro. E acho que ele não estava mesmo tentando fazer uma referência ao Exterminador do Futuro. Você vai dormir aqui?

— Tudo bem se eu ficar? — Ela parecia tão jovem e vulnerável. Às vezes, era fácil esquecer que era quase vinte anos mais nova que eu. Pareço ter vinte e poucos, mas estou muito mais perto dos cinquenta que dos trinta.

— Claro — respondi. — Eu não queria mesmo ficar sozinha, sabe? — Pelo jeito, eu ainda não havia parado de mentir.

Não queria me levantar quando o despertador tocou feito louco, mas o cheiro de waffles e bacon me convocou. Tive um sono irregular e sonhos estranhos.

O último sonho terminou com o som do despertador e a sensação das mãos de Samir na minha garganta, enquanto ele sussurrava que em breve estaria aqui.

Por um momento, me perguntei quem estava fritando bacon, mas lembrei que Harper tinha dormido no meu sofá. Pelo menos ela estava retribuindo o favor. Eu me ergui rápido demais e o quadril me fez lembrar que tinha sido baleada na noite anterior. Fui cambaleando até o banheiro, resmungando um bom-dia para Harper, e tirei os Band-Aids.

Havia um maravilhoso hematoma verde, amarelo e roxo, mas os cortes estavam todos fechados. Uma ferida aberta se fechava em poucos minutos. Mas um hematoma? Levaria dias para sumir. Talvez fosse a maneira do meu corpo dizer que eu realmente deveria evitar ser baleada.

Vesti umas roupas, tomei um café da manhã um tanto constrangido e silencioso com Harper e desci para abrir a loja. Ela pegou seu laptop e disse que ia até a clínica da doutora Lake para ficar com a mãe, depois planejava ir para casa e conversar com o irmão, Max, sobre o que estava acontecendo.

Depois da loucura do dia anterior, um dia sossegado na loja parecia uma esquisitice. Fiquei esperando que alguma coisa horrível acontecesse, mas as horas passaram sem que ninguém acabasse morto ou congelado, sem nenhum outro desconhecido bonitão e armado invadindo a área.

Harper ligou para o telefone fixo da loja em torno das quatro da tarde para dizer que estava indo para casa falar com Max. Eu me sentia estranhamente isolada sem meu celular. Encomendei um aparelho substituto on-line, mas só o receberia na próxima segunda-feira.

Não tive notícias de Alek. Ciaran apareceu para dizer que havia resolvido tudo com a polícia, pelo menos por enquanto, e que o segundo garoto estava em coma no hospital. A xerife ia registrar o crime como um roubo que deu errado. Ninguém tinha nenhuma explicação para a morte de Jimmy. Parecia que o coração tinha parado, simplesmente. Eu não invejava o trabalho da xerife Lee de explicar isso aos pais do garoto e à administração da faculdade.

Ezi também ligou para a loja em algum momento depois de eu ter desistido de fazer a contagem do estoque, quando me distraía pintando miniaturas de orcs. Ele disse que havia reconhecido um dos garotos da universidade e ia perguntar por aí, ver a quem eles poderiam ter se associado. Pedi para ele ter cuidado e perguntei se tinha visto ou ouvido falar do Juiz. Não tinha.

O medalhão do garoto em coma estava no andar de cima. Enquanto o dia escurecia, eu pensava cada vez mais no objeto, tentando me antecipar às perguntas que Alek poderia fazer e como responder a elas de modo que fizesse sentido, mas não revelasse sobre mim mais do que eu já tinha revelado.

Não adiantou. Deixei uma miniatura em cima do jornal e rilhei os dentes.

Pensamentos relativos a Samir me inundaram. Será que mesmo as quantidades relativamente pequenas de magia que eu usara ontem foram demais? Será que agora mesmo ele já vinha finalmente me matar? O feitiço de rastreio não chamaria atenção. Eu achava que não. Naquela área havia magia ambiental demais para a minha sobressair. Mas o círculo de proteção que eu havia lançado para nos defender de qualquer ritual mortífero que o homem sombrio por trás da paralisação de Rose estivesse elaborando... não era exatamente uma magia menor. Quero dizer, na minha escala, era menor. Ou teria sido, no tempo em que eu me exercitava e estava em forma, em termos de magia.

Olhei para a loja à minha volta. Pwned Quadrinhos e Jogos. Era meu lar, o tipo de lugar com que meu eu adolescente tinha sonhado tantos anos antes, depois que minha segunda família abriu meus olhos para o mundo de tudo o que é nerd. Eu gostava da minha vida ali. Não queria que as coisas mudassem. Não queria ter que fugir de novo.

Talvez eu ainda estivesse segura. Mas bastava de magia. Nem mesmo meus exercícios com pedras, pelo menos por um tempo. O que aconteceu com Rose e o mago ritualista por trás de tudo aquilo era um problema para Alek resolver. Ele é que era treinado para isso. Eu poderia dar apoio emocional aos meus amigos, mas tinha que parar de me envolver.

Por enquanto, eu podia ficar. Seguir com minha vida lá. Decisão tomada, relaxei um pouco.

Foi aí, é claro, que o universo sentou a mão na minha cara de novo.

Levi e Harper entraram com pressa pela porta da frente. Eu soube que era uma enrascada só pela energia que eles projetaram, antes mesmo de ver os rostos tristes e ouvir um deles ganir.

— Ezi sumiu — disse Levi.

— Como assim, sumiu? — perguntei. Meu coração subiu à garganta e fixou residência ali.

— Era para ele me encontrar no trabalho depois da última aula dele. Ele não apareceu e não está atendendo nem o celular nem o telefone do escritório.

— Talvez ele esteja na biblioteca. Numa conferência estudantil de emergência. — Tentei ignorar a dor do mau pressentimento.

— Você falou com ele hoje? — perguntou Harper.

Droga.

— Droga — eu disse. – Falei. Ele disse que conhecia um dos criminosos da noite passada e ia perguntar por aí, ver quem mais poderia estar ligado ao cara.

— Que porcaria — murmurou Levi. — Vamos até a Juniper procurar por ele. Vem.

Como eu poderia recusar? Ele era meu amigo. Mas esse era o tipo de coisa que eu chamaria de "me envolver".

— Cadê o Juiz? — perguntei.

— Acho que ele foi ao hospital para ver se aquele cara já acordou — respondeu Harper. — Ele disse alguma coisa sobre isso quando foi ver minha mãe hoje cedo.

O que significava que Alek estava a pelo menos quarenta e cinco minutos de distância, em outra cidade. Wylde não era grande o bastante para ter um hospital completo; só tínhamos a clínica de emergência e alguns consultórios médicos.

— Tá, me deixem trancar a loja — eu disse. O que mais poderia fazer?

6

CAPÍTULO

A Universidade Juniper era uma instituição particular de artes liberais conhecida por formar muitos alunos sérios, que chegavam a obter doutorados e depois passavam o resto da vida em empregos mal pagos no setor de serviços, tentando pagar empréstimos estudantis gigantescos. Tá, talvez a última parte nem sempre fosse verdade, mas era uma dessas universidades de elite cheias de gente que parecia mais apaixonada pelo aprendizado acadêmico que pelas habilidades práticas da vida.

Eu já havia implicado muito com Ezi por causa disso, mas de brincadeira. Quero dizer, fui criada por um bando de professores e frequentei uma universidade parecida. Há muito, muito tempo, pensei que poderia ser feliz como acadêmica pelo resto da vida. Antes de Samir e dos meus anos malucos como feiticeira em treinamento, conspirando para deixar o mundo a meus pés.

O câmpus ficava ao lado da cidade de Wylde propriamente dita, de costas para a fronteira da Floresta do Rio sem Volta. O escritório de Ezi ficava no prédio mais antigo do câmpus, uma bela mansão de cinco andares, feita de madeira e pedra, incrustada como uma joia no meio de um arvoredo de antigos abetos-douglas.

O sol já estava no horizonte quando chegamos, o câmpus silencioso no frescor da primavera. Aqui e ali, os estudantes caminhavam em grupos, conversando uns com os outros ou com a cabeça enterrada em seus telefones, e ninguém nem sequer nos olhou.

O escritório de Ezi era no quarto andar. Levi tinha a chave e abriu a porta depois que bater nela mostrou claramente que seu irmão não estava de plantão.

Numa parede havia prateleiras meio vergadas pelo peso dos livros. Duas poltronas de couro estofadas com tachinhas de latão, que formavam padrões decorativos nas bordas, estavam posicionadas junto da mesa de um modo que convidava a sentar e tomar uma xícara de chá, travando uma conversa amigável sobre os mistérios do universo. Ou, considerando a área de especialização de Ezi, uma conversa animada sobre a história americana e o tratamento dado aos povos nativos.

Sua mesa estava organizada. O laptop estava em modo de suspensão e conectado à tomada ao lado. Papéis empilhados esperavam para receber nota ou ser devolvidos. Havia uma caneta cor-de-rosa, sem tampa, no meio da mesa, como se Ezi tivesse acabado de deixá-la ali e estivesse prestes a voltar para terminar de escrever alguma coisa. Até sua cadeira estava virada em direção à porta, como se ele tivesse saído apenas por um momento, e sua colônia pós-barba Armani ainda pairava no ar.

— Talvez ele esteja no banheiro... Ou podemos ver na biblioteca — sugeri.

— Sinto que ele está aqui. De algum modo. — Levi balançou a cabeça e farejou o ar. — Acho que ele está perto. Não sei. É como se alguma coisa estivesse bloqueando meu vínculo com ele.

Eles podiam não ser gêmeos idênticos, mas gêmeos metamorfos eram um fenômeno quase inédito. Não admirava que eles tivessem uma ligação mágica. Muitas vezes, brincávamos que, se você beliscasse um, o outro se encolheria de dor. Ou, pelo menos, olharia feio para você, se fosse Levi. Encolher-se de dor não era viril o bastante para ele.

— Você sabe a senha do computador? — perguntou Harper.

— O papa é católico?

— Tá bom, pergunta besta.

Levi sentou-se à mesa e desbloqueou o laptop. — Logo de cara, não vejo nada diferente. Vou verificar o calendário dele. Ele anota tudo.

— Posso ajudar? — Uma voz masculina logo atrás de mim me fez pular de susto. Meu estômago se revirou e recuei um passo no escritório ao me virar e olhar para o sujeito.

Tinha mais ou menos a minha altura, talvez 1,70, gorducho, uns quarenta anos, cabelos castanhos ralos e óculos que ampliavam o tamanho de seus olhos azuis. Usava um suéter marrom e calças cáqui desbotadas. Parecia absolutamente inofensivo. No entanto, ativou na mesma hora meu alerta de perigo. Talvez tenha sido a náusea. Talvez os acontecimentos do dia anterior.

— Oi, estamos procurando o professor Chapowits — respondi. Apesar da minha promessa de não usar magia, reuni um pouco do meu poder e tentei detectar se havia algo de mágico nesse cara. Nada. Saco. Talvez eu estivesse paranoica.

— Ele não está aqui — disse o homem. — Como vocês entraram no escritório dele? — Ele parecia estranhamente nervoso, os olhos transitando entre mim, Harper, Levi e o computador.

— Sou irmão dele — explicou Levi, girando a cadeira. — E você, quem é?

— Eu sou Bernie, hã, Barnes. Trabalho aqui. Meu escritório fica ao lado. — Ele apontou a direção com o polegar. — Ezekiel já foi embora. Vocês não deveriam mexer nas coisas dele.

— Não é normal ele deixar o laptop e não atender o telefone — afirmou Levi. — Você o viu? O que ele disse?

— Eu o vi sair agora há pouco. Talvez tenha ido tomar café. Ele gosta do café da lanchonete estudantil. Vocês deveriam procurar lá. — Bernie Barnes, com aquele nome ruim de vilão do Stan Lee, sorriu vagamente para nós, balançando a cabeça como se houvesse tido uma ideia brilhante.

Eu realmente não gostava daquele cara. Parecia desesperado para nos convencer de que Ezi não estava aqui e que tudo estava bem. Analisei-o mais com minha visão magicamente aprimorada. Não é que eu não estivesse captando nada, percebi. Eu via não só uma ausência de magia, mas um vazio real. Ele deveria ser visualizado como humano, com as pequenas flutuações e lufadas de poder ambiental que pairavam em torno de todas as formas de vida. Mas, para minha visão, era como se ele nem estivesse lá.

— Por que você não vem com a gente? — perguntei. — Mostre onde fica a lanchonete.

— Tudo bem — disse Bernie, surpreendendo-me. — Vou só trancar meu escritório. Ele se virou e saiu pelo corredor.

— Vocês acharam esse cara esquisito? — perguntou Harper.

— Esquisito pra caramba — respondeu Levi.

Saí do escritório e vi Bernie entrar não numa das portas do corredor, mas na que levava às escadas.

— Ele está fugindo! — avisei.

Partimos atrás dele, Harper e Levi me fazendo comer poeira quando descemos a escada. Bernie Barnes voava vários degraus à frente deles, superando até mesmo a velocidade dos metamorfos. Claro, mesmo com supervelocidade, havia um limite para a rapidez com que eles conseguiam percorrer quatro lances de escada.

Quer dizer, cinco. Bernie foi para o porão, e lá o perdemos.

A escada do piso inferior se abria num corredor apertado com três portas. Nenhum sinal de Bernie. Ao chegar, parei ao lado de Harper e fui recebida pelo zumbido de uma sala de caldeiras.

— Qual porta? — perguntou Harper. Farejou o ar. — Não estou sentindo o cheiro dele.

Só umidade.

O ar estava úmido e pegajoso. Presumi que a porta com os respiros era da sala das máquinas, portanto, restavam duas. Levi abriu uma e revelou um armário de produtos de limpeza. Não era por ali. A outra porta levava a um lance de escadas de ferro que desciam ainda mais. Apuramos os ouvidos no topo dos degraus, mas não ouvimos nada vindo de baixo além do som da antiga caldeira.

— Acho que isso pode levar aos túneis de manutenção. Voto nesse caminho. — Harper começou a descer.

— A não ser que ele esteja escondido na sala de máquinas, esperando a gente ir embora. Talvez a gente deva se separar — sugeriu Levi.

— Por que dividir o grupo sempre leva à vitória, certo? — perguntei. — Ah, não, espera, geralmente leva à morte.

— Isto não é um jogo — Levi sibilou para mim. — Meu irmão pode estar lá embaixo. Aquele cara sabe alguma coisa. Ele pode ser o mal por trás de tudo isso.

— Aquele cara? — perguntou Harper. — Mas ele é tão gorduchinho e... nerd.

— Ah, tá, então o mal não pode ter cara de professor aloprado? Você lê mesmo quadrinhos?

— Está querendo me acusar de ser uma nerd falsa? Sério?

— Ei, vocês dois, parem com isso. — Eu me coloquei entre eles.

Estavam irritados, de ombros empinados, peito aberto e cabeça à frente, como se estivessem a ponto de lutar. Claro, um bate-boca entre Harper e Levi não era incomum, mas eles geralmente não discutiam como se fossem se metamorfosear e rasgar um ao outro em pedaços.

Os lábios de Levi estavam arreganhados e seus olhos passaram de castanho-escuros para dourados enquanto ele reunia seu poder. Estava pronto para a metamorfose.

Foi quando percebi a armadilha. Magia, a mesma magia sombria que aprisionava Rose, envolvendo a sala como uma cobra esperando a momento de dar o bote. Esperando que os dois metamorfos tocassem aquele outro mundo, onde seus eus animais aguardavam, e se transformassem. Eu não tinha ideia do que a armadilha faria com eles. Duvidava que ela os congelaria como Rose — seria preciso muito mais poder do que eu sentia naquela sala para fazer algo tão complicado —, mas apostaria que seriam no mínimo nocauteados. O que se formava ali era um feitiço bem parrudo.

— Pare! — gritei para Levi enquanto Harper rosnava atrás de mim e ele se retesava para atacar.

A armadilha se ativou quando ele foi de homem a carcaju numa fração de batimento cardíaco. Lancei todo o poder que pude arrancar de dentro de mim em outro círculo prateado ao redor de nós três e me joguei no corpo peludo de Levi.

O poder sombrio rodopiou em volta do meu círculo, depois se dissipou com um carrilhão discordante que soava dentro da minha cabeça enquanto eu sustentava a imagem de um círculo protetor de prata, ao mesmo tempo que tentava conter um carcaju quase do meu tamanho. As garras de Levi rasgaram minhas costas e em seguida ele voltou à forma humana, segurando-me em vez de eu segurá-lo.

— Putz. Jade. Putz. Desculpa. — O corpo de Levi tremeu enquanto ele se afastava. Então, estendeu as mãos novamente, manchadas de sangue.

— Tudo bem. Era uma armadilha — consegui dizer.

— Jade. Suas costas — disse Harper. Ela se ajoelhou atrás de mim e tocou minha camisa rasgada.

— Não é nada de mais — garanti, apesar de ser bem desagradável. Não era a pontada incandescente do ferimento à bala da noite anterior, mas uma dor mais distorcida. Eu já havia usado magia demais para evitar e dissipar a armadilha. Que mal podia fazer um pouco mais? Reuni mais poder e foi ainda mais fácil do que no dia anterior. Ao que parecia, minhas habilidades de feiticeira não estavam tão enferrujadas quanto eu pensava. Eu me isolei da dor, jogando o poder nas feridas e imaginando que era um clérigo lançando um feitiço para Curar Ferimentos Moderados.

— Caramba — disse Harper. — Como você fez isso?

— Você não é uma bruxa — sussurrou Levi, encarando-me com uma mistura de admiração e medo no olhar.

— Não. Explico depois — eu disse. Não explicaria. Precisava deixar Wylde, e era para ontem. A cidade não era mais segura para mim.

Mas primeiro eu desceria até aqueles túneis de manutenção com eles para ver se poderíamos encontrar Ezi. Se houvesse mais armadilhas, bem, o que era um pouco de magia extra? Samir não chegaria dentro de uma hora.

Assim eu esperava.

— Venham. Vamos ver o que há depois desses degraus — eu disse, levantando-me.

Levi abriu o zíper do agasalho com capuz e o ofereceu para mim. Vesti-o por cima da camiseta arruinada e tive vontade de chorar. Meus amigos eram gente boa. Eu sentiria uma saudade louca deles. Mas melhor sentir sua falta que causar sua morte.

— Gamers em túneis de manutenção. Isso sempre acaba bem — comentei, tentando sorrir. Nenhum dos dois sorriu em resposta.

Os degraus levaram a um corredor estreito. A sensação viscosa do ar aumentou e, à medida que avançávamos cuidadosamente, o ar adquiriu um leve odor de podridão.

O corredor se subdividiu. Levi farejou e indicou o caminho da direita. Até eu conseguia perceber que o cheiro de coisas mortas era mais forte daquele lado. Não conversamos. Minha cabeça começou a latejar e ficou difícil respirar enquanto o fedor se intensificava.

O túnel terminou numa sala redonda que, cinquenta ou cem anos atrás, provavelmente continha mais dispositivos mecânicos para deslocar o ar quente por todo o prédio. Agora, era um covil tirado de um filme de terror B.

Um enorme pentagrama desenhado no chão com o que parecia uma tinta marrom, mas provavelmente era sangue seco. Em uma prateleira de metal, de um lado, havia diversas ervas secas, um par de adagas rituais tiradas diretamente de um catálogo de peças colecionáveis, com crânios e partes pontiagudas esquisitas, e alguns livros de magia. Os livros eram bobagens new age, totalmente inofensivos. Porém, de algum modo, esse cara e seus lacaios haviam conseguido reunir muito poder. Do outro lado do pentagrama havia uma mesa com alguns papéis espalhados sobre ela e, atrás dela, outra porta.

— Ai, meu Deus — gemeu Harper. Ela estava de pé ao lado da mesa, abraçando o próprio corpo numa atitude protetora.

Andei até poder enxergar além dela e da mesa e encontrei a fonte do cheiro de animal morto.

Havia dois lobos agachados lá, ambos congelados como Rose, focinhos franzidos num rosnado. Eram grandes demais para serem lobos de verdade, percebi. Eram metamorfos. Um estava apodrecido, os ossos projetados para fora num contraste amarelado com a pele cinzenta. Os olhos já haviam desaparecido; restavam apenas cavidades escuras e viscosas.

O estado do outro lobo era ligeiramente melhor. O corpo estava emagrecido, parecendo uma criatura de um comercial contra maus-tratos a animais, mas ainda pior. Partes da pelagem haviam saído, dava para ver e contar as costelas e praticamente todos os outros ossos do corpo. Os olhos castanho-escuros ainda estavam lá, olhando para nós.

— Eu acho que o Ezi esteve aqui — sussurrou Levi, aproximando-se de Harper e eu. — Sinto um pouco do cheiro dele.

— Eles estão mortos, certo? Não estão como a minha mãe — disse Harper. Eu não sabia se ela estava falando comigo, mas pousei a mão com suavidade em seu ombro.

— Esse cheiro certamente indica isso — respondi. Olhei para a mesa. — Ei, aquilo é um mapa? — Talvez finalmente tivéssemos descoberto uma pista.

— É. É um mapa da Frank perto da região do rio aqui em Wylde. — Levi se debruçou sobre o mapa, traçando as linhas com o dedo. — Parece que ele saiu com tanta pressa que esqueceu de levar isto. O que será esta escrita?

Olhei para o que ele apontava.

— Sânscrito? — sugeri. — São anotações sobre a lua cheia atingindo o zênite e algum tipo de conjunção com Júpiter. Está vendo essas linhas que parecem aleatórias? São linhas Ley, acho. Ele mapeou um centro de poder. Isso não é nada bom.

— Quantas línguas você fala? — Levi me encarava novamente.

— Todas.

— Não, sério — disse ele.

Está vendo? Mesmo quando eu digo a verdade, ninguém acredita em mim. De que adianta?

— Minha mãe vai acabar assim? — perguntou Harper. Seus olhos estavam cravados nos lobos.

— Não, Harper, caramba. Nem pense nisso. Descobrimos uma pista importante para o Alek, certo? — Balancei de leve o ombro dela.

— Hoje é noite de lua cheia — disse Levi.

— Temos que encontrar o Alek — decidi. — Vamos, aquele cara já foi longe e eu não quero que a gente se perca aqui. Sabemos onde ele vai estar. Tragam o mapa e as outras coisas.

— Tem certeza de que eles estão mortos? — disse Harper, recusando-se a sair dali enquanto Levi recolhia os papéis da mesa.

Ah, pelo amor, gente. Engoli as palavras e contornei a mesa, respirando apenas pela boca enquanto meus olhos lacrimejavam sob o ataque do cheiro acre dos corpos. Eu me inclinei, coloquei a mão na cabeça do lobo mais podre e convoquei minha magia outra vez.

Os mesmos laços sombrios que encarceravam Rose estavam presentes no lobo. O mesmo padrão, o mesmo fluxo em direção a um nó intrincado que eu podia sentir, mas não desmanchar.

Abaixo dele, os mesmos batimentos cardíacos fracos.

Recuei rápido demais e caí de bunda no chão, encostada à parede. Eu sabia o que Bernie Barnes estava fazendo. Sabia de onde todo o seu poder vinha. Os corpos magros compunham a peça final do quebra-cabeça.

Isso deveria ser impossível, mas ele havia encontrado um modo de paralisar os metamorfos e depois canibalizar o poder inato destes para seus próprios feitiços.

— Ele não está morto, está? Ele está igual à minha mãe. É assim que ela vai ficar. Não, não! — chorou Harper, e começou a contornar a mesa.

— Tire-a daqui, Levi — eu disse, levantando-me. — Encontro vocês no carro. Vai!

Os olhos de Levi encontraram os meus e ele meneou a

cabeça, sério, concordando e entendendo o que eu queria fazer. Agarrou o braço de Harper e levou-a para a porta por onde entramos.

— Vem, menina. Temos de sair daqui.

Com lágrimas escorrendo pelo rosto, ela olhou para mim e depois assentiu, arrasada.

Esperei até que passassem pela porta e saíssem da minha vista antes de ir até a prateleira e pegar uma das adagas. Queria amaldiçoar Alek e as porcarias das suas visões idiotas, mas ele não era responsável por nada daquilo. Sua visão estava prestes a se tornar realidade, de certa forma, mas era essa a minha escolha. Sou boa em mentir e fugir, mas tento não mentir demais para mim mesma. É um mau hábito.

Fiquei de pé diante do lobo, minha mão tremendo ao erguer a adaga. Eu sabia que devia cravá-la no coração do lobo, o que me tornaria uma assassina.

O calor se espalhou por mim quando uma cabeça peluda roçou o lado do meu corpo, fazendo-me balançar. Loba, minha guardiã, se materializou ao meu lado e empurrou meu braço outra vez. Olhei para ela com olhos turvos. As lágrimas que eu vinha tentando derramar nos últimos dois dias estavam lá, finalmente, ardendo enquanto escorriam pela minha face.

— Tá bom — sussurrei. — Mensagem recebida. — Eu me ajoelhei e cravei a adaga no peito do lobo.

7

Não tivemos que procurar Alek. Ele estava nos esperando diante da loja de jogos quando chegamos, depois de um trajeto de carro silencioso e tenso.

— Nós sabemos quem é.

— Ele pegou o Ezi.

— Ele pegou meu irmão.

Todos nós falamos ao mesmo tempo, e Alek levantou a mão.

— Um de cada vez, e talvez não aqui fora? — Olhou para mim e franziu a testa. — Sinto cheiro de sangue.

— Estou bem — garanti. Saquei as chaves, batendo no meu quadril machucado ao fazer isso. Outro lembrete doloroso de que eu não estava bem. Nada estava bem. Mais uma vez, senti uma raiva irracional de Alek por entrar no meu mundo e destruir tudo. Dois dias antes, tudo estivera normal. Agora, minha vida estava arruinada. De novo.

Dentro da loja, Levi e eu explicamos rapidamente o que havia acontecido na universidade. Empurrei as miniaturas para o lado e Levi colocou no balcão o mapa que encontramos. Harper sentou-se pesadamente na minha cadeira e ligou meu computador.

— Acham que ele trabalha mesmo lá? Podemos descobrir quem ele é de verdade no site da faculdade, acho — disse ela. Seu rosto estava muito calmo, os olhos inchados, mas nítidos. Ela tinha o olhar vazio de alguém que sofrera muita dor, muito rápido, e fora incinerada até só restar um núcleo vazio e raivoso.

Eu conhecia aquele sentimento. Conhecia aquele olhar. Intimamente. Metade de mim já estava no mesmo estado. A outra metade? Puro terror.

— Vou subir para pegar uma camiseta nova — avisei.

Alek me seguiu. Isso não me surpreendeu.

— Se vamos conversar — eu disse —, então é melhor você fazer aquele feitiço de silêncio que fez na noite passada. — Droga. Na noite passada eu estava sangrando na banheira. Duas noites antes, planejava como arrastar meus jogadores para sua última aventura e definir os atributos de um lorde morto-vivo.

A magia prateada deslizou pelas paredes do meu quarto. Peguei uma camiseta do Batman, tirei o agasalho sujo de sangue e a camiseta rasgada. Virei-me de costas para Alek e ele esperou até que eu estivesse vestida antes de falar.

— Esse Bernie Barnes é um feiticeiro como você? — perguntou ele.

Então ele havia descoberto o que eu era. Acho que não foi nenhuma surpresa.

— Não. Ele está usando rituais, o que acho que faz dele um bruxo . A magia não está dentro dele; ele está roubando. Acho que foi por isso que fez o mapa das linhas Ley e aquelas anotações. — Larguei-me sentada na cama e olhei para minhas mãos. Havia sangue seco nas minhas unhas. Que ótimo. As lágrimas ameaçaram verter de novo. Vinte anos sem chorar e agora estava prestes a fazer isso duas vezes no mesmo dia. Melhor ainda.

— Roubando energia de metamorfos — completou Alek. — Como um feiticeiro.

— Pare de dizer isso. Você está errado. Não podemos roubar poder, não desse jeito. — Olhei com firmeza para ele. — Tenho poder porque nasci com ele. É como um poço dentro de mim. Uma bruxa ou um bruxo ou como quer que você chame um humano usuário de magia só tem a capacidade de usar o poder, e não o próprio poder dentro dele. Eles têm que fazer rituais especiais ou tocar fontes de energia, como linhas Ley, corpos aquíferos, terra, deuses, esse tipo de coisa, para realizar magia. Os metamorfos são diferentes. Vocês só têm um truque. Bom, talvez você tenha mais que um. — Parei por um instante, firmando a respiração, e indiquei com a mão as paredes cintilantes. — Mas a maioria dos metamorfos só têm uma conexão com seu animal. Vocês são magia, não usuários dela. E não é uma magia acessível para nenhuma outra pessoa. Se eu devorasse seu coração, não conseguiria nada além de uma séria dor de estômago.

— Vocês devoram corações? Achei que isso fosse lenda. — Ele passou a mão pelos cabelos. Alguns fios caíram na testa e eu quis me levantar e ir até ele para ajeitá-los. Quis me aproximar do seu calor de baunilha e almíscar e fingir que ele era só um cara gato no meu quarto e que eu não estava sentada lá fazendo hora extra enquanto o mundo desmoronava à minha volta.

— Eu não faço — respondi. — Mas poderia. Se, digamos, eu comesse o coração desse tal Bernie, eu obteria o conhecimento dele, a capacidade de usar o tipo de poder que ele controla. — Vi a expressão de Alek ao escutar isso e percebi que eu realmente não deveria ter dado um exemplo como aquele. — De qualquer jeito, isso é coisa de feiticeiro. O Bernie não pode fazer isso. Eu acho, e, novamente, estou dando uns palpites informados, mas muito loucos, a partir do que já sabemos, que ele não está usando os poderes dos metamorfos, mas a força vital deles como fonte. Ele tem alguns motivos prováveis para fazer isso com metamorfos. Primeiro, ninguém fica muito alarmado ao encontrar um cara com um monte de animais empalhados por aí. Segundo, vocês têm muita energia vital. O que torna vocês difíceis de matar também faz com que sejam uma espécie de bateria mágica perfeita para esse cara.

Agora que eu dizia tudo isso em voz alta, fazia mais sentido do que quando explorei minhas ideias mentalmente, no caminho de volta à loja.

— A lua cheia, o centro das linhas Ley e um metamorfo novo e saudável para energizar o que quer que ele vá fazer lá esta noite... Bom, ligue os pontos, o resultado é péssimo. Ele pode ser capaz de tocar no centro a partir daí e criar algum tipo de canal permanente. Depois disso, e considerando que ele vê os metamorfos como baterias, vocês terão um problema sério nas mãos.

— Sim — disse Alek. — Mas nós podemos detê-lo esta noite, antes que a lua se erga. Forçá-lo a desfazer o que fez. Depois, eu o matarei.

— Espera aí, "nós" quem, cara pálida? — perguntei. — Eu não vou com você. E não se atreva a levar o Levi e a Harper. Eles quase ficaram presos numa das armadilhas desse cara hoje. Você tem treinamento, experiência. Eles não. Neste momento, esse cara é praticamente só um humano. Você deve ser capaz de dar um jeito nele. — Se bem que não tínhamos ideia de quantos lacaios restavam a ele. Dois estavam fora de combate. Haveria mais? Joguei o pensamento na gaveta chamada "não é problema meu".

— Por que não vem comigo? Você tem poder e pode ajudar a detê-lo, fazer seu feitiço de proteção e me dizer se ele está desfazendo a magia.

— Não. Vou sair da cidade antes de causar a morte de todos nós. — Na noite anterior, Alek tivera razão ao dizer que eu contaria a verdade. Ele já sabia o que eu era. E daí se soubesse o resto? — Estou aqui em Wylde porque pensei que as linhas Ley e a quantidade de metamorfos e outros usuários de magia me esconderiam. Mas só funcionou enquanto não usei minha própria magia. Sabe todas essas histórias de horror que você ouve sobre feiticeiros? Na verdade, elas não falam sobre a maioria de nós, poucos que somos. São baseadas num único homem e ele provavelmente está a caminho daqui agora para destruir a mim e às pessoas de quem eu gosto.

— Então lutarei ao seu lado contra ele em troca da sua ajuda no presente caso. — Alek parecia cético, encolhendo os ombros num gesto casual demais.

Eu ri um riso rude e feio. Poderia deixar as coisas assim; ele não precisava entender, afinal. Eu não precisava fazê-lo mudar de ideia. Mas queria que ele soubesse a verdade — era estranhamente importante para mim que ele percebesse que eu estava certa, que eu não podia ficar, precisava mesmo fugir. Não era só o terror que me fazia partir; era a única maneira de todos sobreviverem.

— Loba, mostre a ele — sussurrei, olhando para o chão perto da cômoda, onde minha guardiã estava deitada. Alek me lançou um olhar estranho, o que era justo, já que, até onde ele podia ver, eu estava falando com um trecho vazio do carpete.

Então ele ofegou e sua mão foi até a arma quando Loba escolheu tornar-se visível. Ela era toda negra, do tamanho de um pônei, com cabeça e orelhas de lobo, corpo de tigre, patas gigantes com garras retráteis como as de um lince e a cauda longa e grossa de um leopardo-das-neves. Seus olhos tinham o negro de um céu noturno perfeito, sem lua, suas profundezas infinitas e repletas de pequenas estrelas.

— Eterna — murmurou ele, e por um momento pensei que estivesse a ponto de se curvar ou algo assim. — Ela está com você? — Ele olhou para mim com uma expressão que parecia admirada.

Loba era uma guardiã espiritual, o que alguns chamavam de Eterna. Segundo a lenda, eles eram os guardas dos seres que se tornaram os deuses dos seres humanos. Eu realmente não sei ao certo, já que Loba não fala comigo e certamente não compartilha comigo nenhum segredo do Universo.

— Acho que sim. Quando eu tinha quatro anos, meus primos fizeram uma brincadeira de mau gosto e me jogaram no fundo de uma mina. Fiquei ferida e apavorada, mas aí a Loba apareceu. Ela fez a dor parar e me carregou para fora. Está comigo desde então. — Eu me levantei e fui até ela. — Mas não era isso que eu queria que você visse. — Toquei a barriga dela, onde uma sólida linha branca de tecido cicatricial interrompia a escuridão perfeita do pelo. — Samir, o feiticeiro que está atrás de mim, fez isso com ela na última vez que eu fugi dele.

— Ele feriu uma Eterna? — Alek deu um assobio baixo.

— Ele vem reunindo poder e devorando os corações de todos os rivais desde o tempo em que um cara chamado Jesus disse que os mansos herdariam a Terra — expliquei. — Entendeu agora? Você quer que eu te ajude a deter o equivalente mágico de um motorista bêbado enquanto estou te dizendo que preciso sair daqui antes de atrair um meteoro apocalíptico para cima da gente.

Loba me cutucou com a cabeça, depois desapareceu. Não faço ideia do que ela quis dizer com esse gesto, como sempre. Escolhi ignorar a infelicidade que senti nele.

— Então você continuará a fugir dele. — O tom de Alek deixou claro que não era uma pergunta. — Até quando?

A pergunta provavelmente foi retórica. Ignorei o tom.

— Até eu ser forte o bastante para lutar com ele.

— E você se fortalece quando foge? — Alek disse num tom que eu estava começando a realmente detestar.

— Não sei. Ele é perverso, Alek, e me odeia com uma raiva obsessiva. Ele me perseguiu depois que não o matei na primeira vez, usou minha família para me atrair. Ele teria matado todos nós se eu não tivesse fugido. — As lágrimas brotaram nos meus olhos e crispei as mãos em punhos. — Ele os matou. Por minha causa.

Tecnicamente, eles se mataram depois que ele os capturou, torturou e prendeu numa bomba. Eu ainda conseguia ouvir as últimas palavras de Ji-hoon me dizendo para não vir, para fugir o mais longe e o mais rápido que pudesse. Pude ouvir o som da bomba quando os quatro decidiram que preferiam dar a vida acionando o dispositivo a deixar Samir me capturar também.

— Você tentou matá-lo?

— Droga. Tentei. Descobri que ele não era nem meu amante nem meu amigo. Ele estava me usando, engordando minha magia ao me treinar e me ajudar a ser mais poderosa, para depois fazer de mim uma refeição mais saborosa. Então, sim, eu tentei matá-lo. Falhei, tá? Duas vezes. E agora esta é a minha vida. Eu fujo para poder viver. Para que meus amigos aqui possam viver.

— Eu entendo — disse ele. Sua voz ficou gelada e baixa. — Deterei o bruxo sozinho.

Ele se virou e foi até a porta, abrindo-a conforme desmanchava o feitiço à prova de som. Então, hesitou e olhou para mim.

— Você sobrevive — disse ele. — Não vive. Você não está vivendo, Jade Crow.

— Vai se danar! — gritei enquanto ele saía. Não precisava de seu julgamento. A raiva teria sido melhor do que a decepção no olhar dele. Melhor do que aquelas palavras, tão próximas das que meu próprio coração sussurrava às vezes, nas horas insones da noite.

Entrei cambaleando no banheiro e vi o medalhão no gabinete, onde aparentemente eu o havia esquecido na noite anterior. Guardei-o na gaveta. Liguei a água tão quente quanto pude suportar e esfreguei as mãos até que não houvesse mais sangue a manchá-las. Então, joguei água no rosto até poder olhar para o espelho e fingir que minha aparência não estava péssima.

Levi e Harper ainda estavam na loja, sozinhos. Soltei a respiração com um sopro de alívio. Pelo menos Alek os fizera ficar ali.

— Aquele cara disse a verdade — informou Levi. — O nome dele é mesmo Bernard Barnes e ele é professor de estudos religiosos na Juniper.

— Acho que isso é bom — respondi. Meu cérebro já estava fazendo um inventário da loja, tentando decidir o que eu levaria e o que deixaria para trás. Teria que deixar a maior parte das coisas.

— Ele disse que você não ia ajudar — disse Harper. Ela veio de trás do balcão e ficou de pé, com as mãos nos quadris, encarando-me com olhos verdes acusadores.

— Eu só atrapalharia — respondi.

— Foi o que ele disse sobre nós. — Harper balançou a cabeça.

— Ele tem razão, Harper. Ele é um Juiz. Eles são tipo supermetamorfos, certo? Foi o que vocês me contaram. Seu Conselho dos Nove o mandou para cá para consertar as coisas. Então, deixe-o fazer o trabalho dele.

— Ela está certa — disse Levi com a voz rouca, mas suave. — Vamos, Harper.

Fiquei contente por ter o apoio dele, mas isso me surpreendeu. Olhei com atenção para ele, estreitando os olhos.

— Aonde vocês vão?

— Ver minha mãe na clínica. O Max está com ela. Tudo bem pra você? — Harper disse a última parte com um desprezo inconfundível.

Droga. Minha última conversa com minha melhor amiga ia ser uma briga. Totalmente maravilhoso. Só que não.

— Sim, claro — respondi. Eu me aproximei dela e tentei dar um abraço.

Ela recuou.

— Te vejo depois — disse Harper. Levi já estava saindo pela porta.

— Tchau, gente — sussurrei quando os sinos da porta tocaram.

CAPÍTULO 9

Como se abandona um lar? Se três vezes é demais, a gente poderia pensar que eu já estou craque nisso.

Tranquei minha loja e voltei para o andar de cima. Alguns jeans, as poucas camisetas em que não tinha sangrado nem destruído nos dias anteriores, meias, roupas íntimas, meu pijama macacão do Pikachu. Não peguei nenhum dos meus pôsteres e estatuetas, mas meu saco de dados sim. Eu sabia que, aonde quer que fosse, provavelmente encontraria jogadores. Somos legião, afinal.

Lavei a louça e passei o aspirador de pó nos dois andares. Eu estava violando o contrato de locação, então pensei que o mínimo que poderia fazer era limpar um pouco o lugar. Olhei à minha volta. Essa era a minha vida. E agora chegava ao fim. De novo.

Desci para a loja e acendi uma luz. Minhas miniaturas de orcs estavam no balcão, prontas para receber tinta e ganhar vida. Quase pude ouvir o eco do riso dos meus amigos na sala dos fundos, onde a mesa do jogo estava vazia; sentir traços do cheiro das cem pizzas entregues e do refrigerante derramado. O piso de concreto ao redor do balcão estava arranhado. Os coturnos de Harper sempre deixavam marcas quando ela ficava ali por horas a fio conversando comigo enquanto tocava a trilha sonora do Hearthstone em seu laptop.

Fui para trás do balcão e tirei da parede um desenho emoldurado. Era a única coisa que eu ainda tinha do meu último lar de verdade, vinte anos antes.

Era só um esboço à caneta. Quatro figuras desenhadas em estilo de histórias em quadrinhos e uma pequena assinatura em caracteres coreanos com tinta vermelha no rodapé. Ji-hoon, um dos meus pais substitutos, tinha sido ilustrador da Marvel na Era de Bronze dos quadrinhos, no final dos anos 1970 e começo dos 1980. Ele havia feito um retrato da família para mim como um presente pela minha formatura no ensino médio.

Lá estava Kayla, com seu rabo de cavalo lateral e o sorriso gigante, como sempre. Sophie, com o corte de cabelo Mohawk tipo punk dos anos 1980 mostrando o dedo do meio para o artista. Todd, com o cabelo caindo na testa, os óculos enormes e sua camiseta favorita com o número Pi. Ji-hoon, com os cabelos pretos meticulosamente cortados e a baixa estatura que ele sempre exagerava em autorretratos. E uma menina desajeitada chamada Jessica Carter, com cabelos pretos até a cintura, maçãs do rosto salientes e um enorme pingente de dado de vinte faces brilhando ao redor do pescoço.

Essa era eu. Eu era Jade Crow quando nasci. Depois, Jessica Carter na minha segunda família. Jade Crow novamente na terceira.

Eu não sabia quem seria a seguir. Só queria ser eu mesma, quem quer que eu fosse. Mas escolhi o namorado errado na faculdade e depois disso a vida normal foi game over para mim. Alek tinha razão quanto a isso. Eu precisava estar sempre em modo de sobrevivência. Havia esquecido essa verdade nos últimos anos, criando um lar em Wylde.

Eu tinha sido burra.

— E é por isso, crianças, que não podemos ter coisas boas — eu disse ao desenho antes de colocá-lo na mochila.

Olhei de novo à minha volta. Droga. Eu não queria ir embora. Talvez meu carro não funcionasse e eu ficasse presa aqui. Talvez Samir tivesse desistido de mim. A última vez que ele conseguira chegar perto de mim, que eu soubesse, tinha sido mais de uma década antes. Talvez ele ainda não estivesse procurando minha assinatura mágica, esperando me capturar. Talvez estivesse morto.

Até parece.

Eu tinha que ir embora. Na mesma noite. Adiar só tornaria mais difícil partir.

Meus amigos estavam chateados comigo. Eu estava chateada comigo. Será que usar mais magia para ajudar Alek teria sido assim tão terrível?

Eu não sabia. Não confiava no que poderia fazer se fosse obrigada a escolher entre salvar Rose e Ezi e deixá-los morrer.

Alek tinha dito que sua visão me mostrava numa encruzilhada entre a vida e a morte dos metamorfos. Eu tinha matado um metamorfo, um homem cujo nome eu talvez nunca viesse a saber. Não importava que tivesse sido por misericórdia. Eu não queria matar ninguém.

Mentira. Eu queria matar Samir. Às vezes, nas piores noites de insônia, eu sonhava fantasias de vingança terríveis e explícitas. Queria lançá-lo no inferno da maneira mais cruel possível. Mesmo assim... Ele tinha uma vantagem de dois mil anos de prática em relação a mim, e só nos meus pesadelos mais profundos eu conseguia especular quantos feiticeiros e magos humanos ele havia devorado ao longo dos milênios. Não havia como eu me tornar forte o bastante para enfrentá-lo.

E você se fortalece quando foge? As palavras de Alek passaram por minha mente.

Eu não tinha me fortalecido. A magia que usara nos últimos dois dias parecia bem fraca para mim. Meu poder ainda estava lá, mas eu estava fora de forma, sem prática. Estava ficando mais fraca.

— Mais um motivo para não ficar aqui — eu disse em voz alta ao silêncio acusador. Talvez eu fosse uma covarde, mas seria uma covarde viva. E meus amigos estariam seguros. Eu faria a coisa certa.

Suspirei e me perguntei a quem estava tentando convencer, parada aqui discutindo comigo mesma sobre uma decisão que só tinha uma resposta boa, na qual todos continuariam vivos.

Você não está vivendo, Jade Crow. As palavras de Alek na minha cabeça outra vez.

Passos correram pela rua lá fora, me distraindo do meu tumulto interior idiota. Eu já estava indo para a porta quando Max, o irmão caçula de Harper, bateu nela e começou a gritar meu nome.

Destranquei a porta e Max quase caiu nos meus braços ao entrar, falando rapidamente.

— Calma aí, amigo. Mais devagar. Quem pegou a Rose? — Tentei analisar suas frases apressadas.

— Harper e Levi — disse ele. — Eles passaram lá há um tempo, disseram que eu deveria ir tomar um café. Saí e, quando voltei, não havia ninguém lá. Levaram minha mãe. Achei melhor vir falar com você, porque seu telefone simplesmente cai no correio de voz e ninguém atende e não sei onde eles estão.

— Eu sei — murmurei, pensando com afinco. Levi definitivamente tinha cedido fácil demais. — Idiota.

— Eu?

— Não, você não. Eu. Eu deveria saber que eles iriam atrás do Alek. Vão tentar lutar contra o cara que fez aquilo com sua mãe e forçá-lo a desfazer o feitiço.

— Que bom — disse Max.

— Quê? Não. Não é nada bom. — Na melhor das hipóteses, eles atrapalhariam, e, na pior, causariam a morte de Alek se ele estivesse distraído tentando protegê-los. Eles seriam todos mortos ou escravizados e paralisados, e só o universo sabe o que mais. PQP!

Eu tinha que detê-los. Ou salvá-los. Agora, não poderia simplesmente ir embora.

Além disso, eu queria muito lutar com alguém. Bernard Barnes não era Samir, mas era um começo.

Talvez essa fosse a maneira do universo de me dizer que era hora de parar de fugir.

— Tá legal, universo — eu disse, olhando feio para o teto. — Mensagem recebida.

— O que você vai fazer? — perguntou Max enquanto me seguia escada acima até meu apartamento.

— Eu meio que sei aonde eles foram, mas não temos o mapa. Então, preciso lançar um feitiço neste medalhão que tirei de um dos lacaios malignos para que possamos rastrear a pessoa que o fez, que, eu aposto, é o cara que sua irmã e Levi estão caçando. Assim podemos impedir que ele mate todo mundo antes de a lua atingir o zênite.

— Legal — disse Max.

Ah, que alegria ter quinze anos.

O medalhão ainda estava na gaveta do banheiro. Olhei para ele, encontrando pequenas imperfeições e marcas na argila. Eu esperava que significassem que fora feito à mão. A mancha nele me lembrou sangue seco e tentei não pensar muito nisso enquanto o segurava com as duas mãos e convocava minha magia.

Era uma variação do feitiço que eu havia feito para Alek, só que não precisava de bússola desta vez. O medalhão atuaria como meu guia. Eu o senti puxar para o noroeste.

— Você tem carteira de motorista, certo? — perguntei a Max conforme descíamos a escada até o meu carro. Em Idaho, aos quinze anos já se pode dirigir. A lua já espiava por cima dos prédios.

— Tenho.

— Ótimo. — Joguei minha chave para ele. — Preciso me concentrar neste feitiço. Você dirige. Tente não nos matar.

Aliás, meu carro funcionou perfeitamente.

— Pare aqui — pedi a Max depois de cerca de meia hora seguindo pela estrada estreita ao longo dos limites da Floresta do Rio sem Volta. — Deste ponto em diante eu tenho que ir a pé.

— A lua está acima das árvores — comentou ele quando saímos do carro. — É muito longe? Quanto tempo nós temos?

Quase respondi: "Nós quem, cara pálida?", mas já tinha usado essa frase uma vez hoje e imaginei que houvesse algum tipo de limite cósmico.

— Eu. Eu é que vou. Você fica aqui com meu carro e trata de não deixar ninguém roubá-lo.

— Roubar. Sei. — Seus ombros desabaram.

— Estou falando sério, Max. Por favor? — Suavizei o tom e armei meu melhor olhar de mocinha desamparada.

— Tá bom — murmurou ele.

Eu segui o impulso do medalhão, entrando na mata e empurrando os arbustos ao passar. Estava escuro pra caramba. Usei mais magia, alimentando meu talismã com ela até o dado de vinte faces brilhar o suficiente para que eu pudesse ver alguns metros adiante. Vi menos samambaias e ervas quando entrei na parte mais antiga da mata, longe da estrada, mas eu ainda avançava muito devagar. Meus pulmões doíam e os músculos das minhas pernas ardiam enquanto eu corria, cambaleando em meio à floresta escura.

Não estava dando certo. Nesse ritmo, se eles estivessem mesmo nas profundezas da mata, eu só chegaria lá ao raiar do dia. Talvez houvesse um caminho melhor, uma estrada de acesso ou uma antiga trilha de lenhadores, mas meu feitiço de rastreio não era o Google Maps. Só podia me informar a direção, não a melhor rota de carro.

Havia quanto tempo Alek e companhia saíram da minha loja? Duas horas? Três? Talvez tivessem vencido e estivessem voltando para esfregar na minha cara que eu tinha perdido toda a ação.

— Pare de tentar se convencer a desistir — eu disse em voz alta quando parei de avançar por um momento e me encostei a uma árvore. O bosque era escuro e profundo. O vento agitava os ramos acima de minha cabeça enquanto eu inspirava o ar frio e úmido.

Loba se materializou ao meu lado e inclinou a cabeça para mim.

— Você vai ajudar? — perguntei, sem esperar resposta.

Ela se abaixou e virou a cabeça para trás.

— Acho que isso é um sim — comentei, sorrindo para ela. — Obrigada.

Subi nas costas dela, cravando a mão livre em seu pelo grosso e morno, segurando-me com as pernas doloridas. Eu não andava a cavalo nas costas de Loba desde que ela nos tirara, sangrando, semimorta, dos escombros em chamas onde minha família havia escolhido morrer e onde eu empreendera minha segunda e mais desastrosa luta contra Samir.

Esse passeio era muito mais divertido. Ela saltou para a frente, pairando pouco acima do chão em movimentos amplos e suaves. Continuei a segurar seu pelo e o medalhão, sustentando o feitiço de rastreio o melhor que pude, mas ela parecia saber aonde ir. Atravessamos a floresta, cobrindo quilômetros de uma só vez. Finalmente desisti do feitiço e usei essa mão para segurar minha trança, mantendo a cabeça baixa enquanto os ramos batiam e ameaçavam arrancar todos os meus cabelos. Cabelo longo às vezes é uma porcaria.

Depois de uma eternidade que pouco durou, Loba desacelerou e se abaixou. À medida que meus ouvidos se adaptavam à súbita falta de movimento e brisa, ouvi um cântico à nossa frente. Pisquei, afastando as lágrimas, e perscrutei a escuridão. Parecia haver mais luz à nossa frente do que a lua cheia numa noite limpa poderia explicar.

Loba avançou até chegar ao limite de uma clareira gigantesca, onde as árvores acabavam de repente e a terra se inclinava para baixo. À luz da lua, vi um campo ao pé da colina. Havia tochas tiki instaladas num círculo irregular, fornecendo iluminação suficiente para enxergar o que estava acontecendo.

Não havia amigos triunfantes nem batalha furiosa. Até onde eu podia ver, meu lado já havia perdido qualquer luta que tivesse acontecido.

Dentro do círculo de luz havia dois círculos desenhados com o que imaginei ser pedras de giz. O círculo menor continha um enorme tigre branco. Alek, adivinhei. Estava preso num feitiço de contenção, presumi, já que deveria ser capaz de sair da área, mas, em vez disso, girava e rosnava como se estivesse preso numa jaula de ferro.

O segundo círculo, maior, continha Bernie Barnes com um manto ridículo de capuz preto e runas de prata costuradas ao tecido. Ele se ajoelhou diante de um cachorro castanho-avermelhado. Não, cachorro não. Coiote. Ezi. Barnes estava cantando em sânscrito, as palavras muito menos relevantes do que as linhas tortuosas e sombrias de poder que rodopiavam como fantasmas acima dele.

Por um momento, não vi Harper nem Levi. Talvez Max tivesse se enganado. Observei o chão dentro do círculo de tochas e duas formas escuras nas bordas chamaram minha atenção. Uma raposa e um carcaju, pelagens vermelha e castanha cintilando sobre a grama escura. De onde eu estava, não enxergava se eles estavam vivos, mas com certeza não estavam conscientes.

A raiva aflorou dentro de mim, incandescente. Com ela, mais da minha magia.

Nutri a magia com minha frustração e reuni o poder nas mãos.

— Tá legal, Loba — sussurrei para minha companheira —, o plano é a gente correr lá para baixo e arruinar a noite desse desgraçado.

Eu não poderia matá-lo, já que precisávamos dele para desfazer os feitiços, mas poderia fazê-lo sofrer. Fazer com que se arrependesse de ter até mesmo pensando em usar magia. Eu poderia mostrar a ele o que um mago de verdade é capaz de fazer.

Loba avançou. Descemos a colina, entramos no círculo de tochas e eu ergui as mãos, apontando bolas de poder diretamente para a cabeça encapuzada de Bernie.

Eu teria sido totalmente capaz de salvar a noite se o lacaio maligno que não vi tivesse esperado só mais alguns segundos.

Mas ele não esperou.

Em vez disso, atirou em mim pelas costas.

9

CAPÍTULO 10

O som do tiro foi alto. A bala atravessou meu corpo e a dor arruinou meu domínio sobre a magia. Sabe aquela história da bala no quadril? Foi só um ferimento superficial comparado à dor que rasgou meu peito. Acho que parei de respirar.

Desabei das costas de Loba e só parei de cair quando bati o rosto no chão. Meus braços e pernas pareciam não querer responder. Eu não achava que uma bala pudesse matar uma feiticeira, mas essa estava fazendo um esforço nota 10 para conseguir.

A dor foi de pontadas velozes a um frio profundo e aterrador. Ouvi o cântico prosseguir e Loba rosnou ao meu lado. Ela pode ter uma aparência bem assustadora, mas na verdade não pode fazer nada contra um ser humano. Nem deter uma bala.

Meus olhos também não queriam se abrir. A grama estava molhada e fresca no meu rosto. Talvez eu ficasse ali e pronto. O cheiro era bom. Cheiro de limpeza.

Nada como sangue nem animais agonizantes. Não gosto de sangue. É tão pegajoso.

— Eu a acertei! — gritou uma voz masculina perto de mim.

Loba lambeu minhas costas, a língua absurdamente quente, e eu gritei. A dor cedeu o suficiente para que eu pudesse voltar a pensar e, quando movi as mãos para colocá-las embaixo de mim e tirar o rosto do solo, elas obedeceram vagarosamente.

Levantei a cabeça, cuspindo sangue e terra. Minha boca estava suja, mas pelo menos meus olhos estavam funcionando e eu parecia capaz de respirar novamente. Havia um jovem com manto preto a cerca de três metros de mim, apontando uma arma e sorrindo.

Busquei minha magia e desta vez não tentei controlar o fluxo. Abri as comportas do meu poder e o deixei me preencher até a borda. A dor sumiu, desligando-se como se eu tivesse apertado um interruptor. Eu sabia, em algum lugar no meu subconsciente, que realmente me arrependeria disso amanhã, mas o que eu queria era viver até amanhã.

Envolvi meu talismã com uma das mãos e me ajoelhei com esforço.

Enviei minha magia para dentro do braço esquerdo e a usei para prolongar o punho, derrubando a arma da mão do lacaio maligno com um tapa. Ele gritou de surpresa, mas não parei por aí. Lancei o braço para trás, usando a mesma força para golpeá-lo na cara.

Ele desmoronou e não tentou se levantar. Acho que ninguém nunca disse a ele para não levar uma arma a um duelo de magos.

Eu ri, embora o som tenha soado mais como uma tosse

soluçante. O cântico ficou mais veloz, mais frenético. Eu me virei e olhei para Bernie. O luar brilhou na enorme adaga de prata em suas mãos quando ele a ergueu sobre o corpo de Ezi. Ele estava a pelo menos dois metros de mim. Tentei me levantar e minha visão foi tomada por pontinhos vermelhos e negros.

Alek-Tigre rugiu, atraindo meu olhar. Ele estava mais perto. Lembrei-me de como ele era rápido. Só precisava sair daquele círculo.

Isso eu poderia fazer.

Soltei meu talismã e bati com os dois punhos no chão, canalizando a torrente furiosa da minha magia para a superfície da terra. Visualizei a terra se erguendo logo abaixo das raízes da grama como um colossal verme de areia de Arrakis. A grama ondulou e o solo se curvou numa linha reta, partindo de minhas mãos para o círculo que aprisionava Alek.

Quando a ondulação atingiu o círculo, ergui os punhos e os abri num movimento amplo e brusco.

O círculo se despedaçou, fragmentos sombrios de poder voando pelos ares e pedras de giz explodindo numa nuvem branca. Alek-Tigre saltou para a liberdade e deu dois grandes botes antes de atravessar o círculo que cercava Bernie.

— Não o mate! — gritei. Minha maré mágica estava recuando. Eu certamente estava chegando a um limite. Levantei.

Alek-Tigre deu uma patada em Bernie, jogando-o para o lado. Então voltou a ser apenas Alek. Agarrou o bruxo gordinho pelo manto e torceu o pulso dele num golpe maluco tipo Bruce Lee, até que Bernie gritou e soltou a faca. Mesmo cambaleando e ainda a quase cinco metros de distância, ouvi o estalo quando o braço de Bernie se quebrou.

— O feitiço foi quebrado? — gritou Alek para mim.

Olhei à minha volta. Não havia mais sombras voando em torno do círculo rompido. Embora eu ainda pudesse sentir a magia esquisita e nauseante de Bernie, ela não tinha mais força.

— Acho que sim — respondi. — Harper? Levi?

— Vivos. Posso ouvi-los respirar.

Deve ser legal ter supersentidos. Relaxei, aliviada.

— Ótimo. Então, Bernie Barnes, nós nos encontramos novamente. — Olhei para o homem caído no chão, gemendo. Era tão patético que quase senti pena dele. Quase.

— Você não entende — choramingou ele. — Você não sabe o que fez. Eu estava tão perto.

— Não. Tô. Nem. Aí — respondi. — Poupe essa explicação de vilão do James Bond para sei lá que deus que te espera no inferno. A menos, é claro, que você queira viver.

Nem ferrando ele ia viver. A justiça dos metamorfos não é boazinha.

Mas ele ainda não precisava saber disso.

— Sim — respondeu Bernie, os olhos azuis e miúdos cheios de desespero.

— Tudo o que você precisa fazer é desfazer seus feitiços, os que sugam poder dos meus amigos. Muito simples. — Eu sorri para ele.

Pela reação, não foi um sorriso muito agradável.

— Eu, hã... — gemeu ele, então olhou para Alek, depois voltou a olhar para mim. — Não posso.

— Você fez o feitiço. Como?

— Encontrei um livro antigo. Comprei no eBay. A maior parte era besteira, mas alguns dos feitiços funcionavam. Mas não conseguia obter poder suficiente das pessoas. Elas ficavam morrendo, sabe. Então eu descobri um deles. — Olhou de novo para Alek. — Zoantropos. O livro descreveu o uso de criaturas mágicas como fontes.

— Onde está esse livro? — E que bruxo idiota dos infernos havia escrito feitiços tão perigosos? A raiva voltou a aflorar em mim, dando-me um segundo fôlego, e olhei para o homem trêmulo.

— Eu queimei o livro. Não queria que meus discípulos roubassem. Jimmy e Collin estavam sempre furtando as coisas, tentando achar modos de ganhar poder, como eu fiz. Então eles venderam aquela maldita raposa por uns trocados. Isso tudo é culpa deles!

— Ah, sim, seu problema é que você contratou ajudantes ruins. Claro.

Olhei para Alek. Seus olhos eram fogo e gelo à luz bruxuleante das tochas.

— Ele está dizendo a verdade — afirmou Alek em voz baixa.

— Então, você não pode desfazer seus feitiços? Não sabe mesmo como desfazer?

— Não, estou dizendo. O livro não me explicou isso.

Por que eu iria querer desfazer alguma coisa? Quero dizer, antes de hoje. Aqueles dois — disse ele, indicando Harper e Levi — não foram enlaçados. Estão só inconscientes. Vão acordar. Viu? É só esse aí.

— Não só ele — corrigi. — E a raposa? E os lobos debaixo do seu escritório?

— Não posso fazer nada quanto a isso agora. Não deixe aquela coisa me matar. Não vou mais fazer isso. Sinto muito! — disse Bernie, a voz crescendo até um grito agudo.

Caí de joelhos e estendi a mão para o corpo de Ezi ao meu lado, passando os dedos no seu pelo macio e marrom. Os laços de sombra o envolviam no mesmo padrão retorcido com que envolviam Rose. Encontrei seus batimentos cardíacos, fracos, mas presentes.

— Esta é a encruzilhada — sussurrei, olhando para Alek. — Foi isto que você viu.

Ele apenas me encarou, sem se mexer, o rosto impassível.

De algum modo, eu soube que ele me deixaria decidir e que, se eu desse a ordem, ele se tornaria o Juiz mais uma vez e executaria a sentença de morte de Bernie Barnes.

Esse era um caminho, uma estrada que levava para longe do cruzamento onde eu agora estava, metaforicamente. Por esse caminho, Bernie morreria. Rose e Ezi também morreriam de modo lento e horrível, ou então teriam que sofrer eutanásia pelas mãos dos amigos. Por mim ou, talvez, por Alek. Eu não pediria para Harper e Levi fazerem isso.

Por esse caminho, eles morreriam.

Havia outro caminho.

— Não, Bernie — eu disse, as palavras caindo como pedras da minha boca. — Você não vai fazer isso de novo. — Convoquei minha magia, lutando contra a exaustão latejante que ameaçava deter o fluxo.

Então, mergulhei a mão, banhada em poder puro, no peito de Bernie e arranquei seu coração.

Não me deixei pensar no que estava fazendo. Apenas agi, enfiando o músculo sangrento na minha boca e mordendo com força. Eu não sabia se tinha que comê-lo inteiro ou não. Esperava que não. Era quente e rígido como um bife cru. Rasguei o maior pedaço que pude e o engoli sem mastigar mais que uma vez, quase engasgando, e lutei para não vomitar imediatamente.

O poder sombrio explodiu no meu peito quando engoli e uma onda de imagens e impressões inundou minha mente. Meninos feios, com jeito de atletas, me rodeavam, provocando-me por causa dos meus óculos, do meu nome estranho. Aprendendo sânscrito. Enterrando uma faca sombria no peito de um homem que gritava. Enroladinhos de canela. O poder sombrio estava dentro de mim e jovens se sentavam aos meus pés, ansiosos para aprender. Acho que desmaiei enquanto a vida de Bernie colidia com a minha.

Então a sobrecarga sensorial acabou e, de repente, eu estava acordada.

Meus pensamentos eram claros e havia um novo conhecimento estranho lá, como se eu tivesse baixado um arquivo para a área de trabalho do meu cérebro.

Peguei Ezi. Agora os laços sombrios dentro dele eram

nítidos para mim como linhas num mapa. Eu sabia para que serviam, como drenavam sua força vital e a transmutavam numa energia que eu agora sabia como usar.

Fiquei aliviada pelo fato de que a própria ideia ainda me deixava nauseada pra caramba.

Desenredei os laços. Não precisava de um livro para entender como essa magia funcionava. Agora que podia tocá-la, controlá-la, minhas habilidades de feiticeira assumiram o controle e a moldaram à minha vontade. Rompi os laços, desenrolando o nó ao redor do seu coração.

Ele voltou à vida com um ganido e saltou. Então, mudou, indo instantaneamente do coiote de volta ao homem.

— Jade — disse ele, depois olhou além de mim e correu até a forma inerte de seu gêmeo.

Não levei para o lado pessoal. Ele poderia me agradecer mais tarde. Tudo o que eu queria fazer agora era desmaiar e dormir por, quem sabe, um milhão de anos. O ímpeto do novo poder estava desaparecendo, deixando-me vazia. A dor no peito voltou com um latejar insistente e pontinhos dançaram de novo nas minhas vistas.

Não bastou, porém, para evitar que eu me virasse e visse o cadáver de Bernie deitado, um volume escuro na grama ensanguentada. Não senti nada além de uma vaga tristeza pelo homem que ele poderia ter sido se tivesse escolhido outro caminho.

Decidi que poderia processar os fatos mais tarde. Agora, com certeza, era hora de perder os sentidos. Pegando a deixa, Alek me ergueu em seus braços absurdamente fortes.

— Max — eu disse. — Ele está lá na estrada. Alguém

deveria ligar para ele.

— Shh — murmurou Alek. — Eu assumo agora.

Ele estava quente, tão quente. Minha pele, em comparação, parecia coberta de gelo. Aconcheguei a cabeça em seu ombro, apertando o nariz machucado em seu peito.

— Você é cheiroso — resmunguei.

E então, porque o universo às vezes banca o bonzinho, eu desmaiei.

10

Demorei três dias para conseguir fazer mais do que me arrastar até o banheiro e tomar suco de laranja. Em algum momento, depois de acordar no primeiro dia, fui capaz de reunir força suficiente para libertar Rose do feitiço de Bernie. Isso me nocauteou de novo logo depois.

Não sei o que Alek disse ao lacaio maligno que atirou em mim. Decidi não perguntar. Afinal, ele atirou em mim. Eu também não tinha ideia do que aconteceu com o corpo de Bernie, mas estava disposta a apostar que nunca seria encontrado. Depois que matei Bernie, o garoto em coma acordou e fugiu da cidade. Sem o livro nem Bernie para ensiná-lo, imaginei que agora ele provavelmente era inofensivo.

Infelizmente, o feitiço que havia aprisionado Rose e Ezi não os fizera dormir. Ambos estiveram acordados e conscientes o tempo todo. Rose nos contou como havia sido abordada por dois jovens que disseram ter se perdido durante uma caminhada na floresta e como a atraíram para uma das armadilhas mágicas de Bernie. O garoto em coma a roubou de Bernie e a vendeu para Ciaran depois que ele e Bernie discutiram porque ainda não estavam aprendendo nenhuma magia útil.

Enquanto eu me recuperava da minha ressaca mágica e me curava de um tiro no peito, Ezi fez a Levi, Max, Rose e Harper um relato bem exagerado do meu bravo resgate. Agora, Harper e Levi estavam convencidos de que eu tinha um espírito familiar de lobo gigante capaz de ficar invisível. Não os corrigi.

Ele excluiu a parte em que eu abocanhei o coração de um homem. Fiquei grata. Ainda não sabia o que sentia em relação a isso.

Quando coloquei o lobo no covil de Bernie para dormir, senti tanta dor, arrependimento e repulsa pelo que precisei fazer. Meu coração parecia a ponto de rastejar para fora do peito e eu queria lavar as mãos até limpá-las do sangue, como Lady Macbeth, toda vez que pensava naquele lobo. Tinha sido por misericórdia. A coisa certa a fazer. Eu ainda me sentia péssima e nauseada por isso. As lembranças de Bernie nem sequer deram nomes às suas vítimas. Ele não se importara o bastante para sabê-los.

Mas, quando pensava em Bernie, em cravar meu poder no peito dele, no sabor, no calor e na resistência do coração dele entre meus dentes, eu não sentia nada. Vazio. E eu sabia que faria a mesma escolha outra vez se tivesse que fazer. Poderia reprisar a cena mentalmente cem vezes e sabia que sempre escolheria a morte de Bernie e a vida de meus amigos. Sempre.

Depois de três dias, fiz Max me levar para casa no meu carro. Levi nos seguiu e o levou de volta para o albergue. Eu queria ficar sozinha para processar os fatos. Os gêmeos e Harper disseram que entendiam, mas pude ver um milhão de perguntas em seus olhos. Perguntas para as quais eu teria que encontrar respostas, por fim, se ficasse ali.

Minha mala ainda estava largada no chão da loja. Esperando que eu fugisse. Peguei a mala e subi com ela para meu apartamento. Deixei-a na mesa de café e desabei no sofá.

Ficar? Ou partir?

As coisas não haviam mudado. Samir ainda viria atrás de mim. Eu não estava pronta. Estava mais poderosa do que estivera uma semana antes, graças à doação de Bernie, mas estava magicamente frouxa. Não conseguiria nem metade do desempenho que havia tido na luta contra ele vinte anos antes. Ainda não.

Alguém tocou de leve na minha porta. Eu não tinha ouvido passos, então soube quem era na mesma hora. Um pé no saco loiro e gigante voltando a dar as caras.

— Está aberta — gritei. Na verdade, queria mesmo conversar com Alek. Ele passou várias vezes pelo albergue durante o fim de semana, mas não tivemos chance de ficar sozinhos.

Ele fechou a porta depois de entrar e sorriu para mim antes de passar pela minha cozinha e deixar uma sacola no balcão. O cheiro de alho e molho de soja soprou na minha direção. O perfume do paraíso.

— É cheiro de comida chinesa? — perguntei, ainda que o nome COZINHA MÁGICA DO LEE na frente da sacola fosse meio que evidente. — Você caiu do céu.

— Essa é uma saudação muito melhor do que a que você me deu quando nos conhecemos — disse ele. Aproximou-se e sentou-se no sofá ao meu lado, perto o suficiente para encostar a coxa na minha. Não me afastei.

— É, bom, você também não foi lá muito legal. Acho que me chamou de assassina. — Franzi a testa ao dizer isso. Naquele dia eu ainda não era uma. Agora, com certeza era.

Ele me observou por um momento, depois olhou para minha mala.

— Você ainda vai embora?

— Não sei — respondi. — Estou cansada de fugir. E embora eu deteste muito, muito mesmo admitir que você tinha razão... bom... você tinha razão.

— O que você disse? Desculpe, acho que adormeci por um momento. — Aquele sorrisinho de novo.

— Meu ex ainda vem atrás de mim — eu disse, ignorando a provocação. — Não estou preparada.

Ele encolheu os ombros.

— Então, prepare-se.

— Não é assim tão simples. Vou ter que começar a usar minha magia. Muito. Treinar. Nem sei por onde começar. Eu provavelmente deveria aprender a usar uma arma, ou lutar, ou talvez fazer kung fu. Não sirvo para isso e provavelmente não tenho tempo bastante antes de ele aparecer.

Ele poderia chegar aqui amanhã. Ou daqui a um ano. Não sei. Não é simples — repeti.

— É sim — disse ele, voltando para o modo sério. — É simples. Fui nomeado para trabalhar nesta região. Os Nove querem que um Juiz fique aqui por um tempo. Posso ajudar, se você deixar.

— Mesmo sabendo o que sou? Vendo o que fiz? — Mordi o lábio inferior e prendi a respiração. Essa era a conversa que eu queria ter, mas, mesmo assim, tinha medo dela.

— Duas semanas atrás, recebi um sonho dos Nove. Naquele sonho, vi uma linda mulher com cabelos feitos de fumaça e olhos cheios de fogo. Um corvo gigante planava acima dela. De um lado dela, estava uma pilha de cadáveres envoltos em sombras até onde meus olhos conseguiam ver. Do outro lado, havia um mar de criaturas silvestres que riam e dançavam numa campina ensolarada.

— Acho que os humanos têm psicoterapia para ajudar com isso — brinquei, tentando dissipar o embaraço que senti diante do relato intenso.

— Quieta — pediu ele. — Aquela mulher era você, Jade Crow. Mas também não era você. Naquela noite, no círculo abaixo da lua cheia, vi você escolher a luz solar, a vida. Essa é uma força que fico feliz em incentivar. Uma mulher que quero conhecer.

Lágrimas arderam em meus olhos. Eu teria que cauterizar magicamente meus dutos lacrimais, ou coisa assim, se continuasse a chorar o tempo todo.

— Mas eu matei o Bernie — respondi, crispando as mãos

em punhos no meu colo. — E não me sinto mal por isso. Nem um pouco. Eu faria de novo. Quero fazer de novo. Com o Samir. Eu quero arrancar o coração dele e destruí-lo para sempre.

— Ótimo. — Alek envolveu minhas mãos com as suas e, com gentileza, abriu meus dedos, esfregando os polegares nas minhas palmas. — Há pessoas que precisam ser mortas. Nem todas merecem a vida. Isso é algo que me ensinaram na Academia de Juízes.

Estreitei os olhos, encarando-o.

— Espera, existe mesmo uma Academia de Juízes?

Ele riu, o som grave, bonito e cristalino.

— Não.

— Babaca — murmurei.

Então ele me beijou. Seus lábios eram firmes junto dos meus e um desejo líquido correu da minha boca direto para minhas partes íntimas. Gemi quando sua língua deslizou dentro da minha boca e subi em seu colo quando as mãos envolveram minhas costas e se emaranharam no meu cabelo. Depois do que pareceu ser muito pouco tempo, ele afastou o rosto. Olhando em seus olhos, vi apenas o tom de azul caloroso do céu no verão — nada daquele gelo com que sempre os comparei.

— A comida vai esfriar — murmurou ele. — Você se importa?

— Sim — respondi quando meu estômago roncou de um jeito nada sexy. — A gente continua depois, tá?

— Se você ficar — disse Alek, e entendi que queria dizer mais do que ficar aqui, neste momento.

— Vou ficar — concordei. Quase consegui dizer isso sem ficar apavorada.

— Gosto quando você diz a verdade — afirmou ele.

— Eu sou uma obra em andamento. — Levantei-me do colo dele. — Agora vamos comer. E depois, cavalheiro, você vai jogar videogame comigo.

— Ah, é? — Ele se levantou e me puxou de volta para si, acariciando meu cabelo. Seria bem fácil me acostumar com isso.

— Arrã. Não posso ficar com alguém que não joga. Isso não se faz. Então, vamos ter que atirar nuns bandidos e salvar as Borderlands.

— Eu nunca joguei videogame — contou ele.

— Não se preocupe. Vou pegar leve.

Ele se inclinou e mordeu o lóbulo da minha orelha antes de sussurrar em russo:

— Eu não.

Suas palavras fizeram minhas pernas virarem borracha, mas consegui me separar dele e ir para a cozinha, abaixando a cabeça para meu cabelo cair como uma cortina que cobrisse meu rosto corado. Minha pele pode ser marrom, mas tinha certeza de que estava escarlate naquele momento. Esse lance entre Alek e eu, fosse lá o que fosse, era novidade para mim. Eu não ficava com alguém havia anos, optando por basear meus relacionamentos em Wylde só na amizade. Afinal, realmente não tinha demonstrado muito discernimento ao escolher namorados antes.

Mas lá estava eu, prestes a jantar com um metamorfo-tigre sexy que sabia o que eu era, conhecia os perigos que eu representava e continuava aqui. No meu lar. Sem fugir.

Entendi então que Alek estava certo, o sacana. Bastava de apenas sobreviver. Era hora de viver.

Acompanhe Jade Crow e sua saga pelo sobrenatural com os futuros lançamentos da AVEC Editora.

Fique ligado para não perder nenhum dos livros da série **Magia em Jogo:**

Já publicado:

- A Justiça Chama

Próximos lançamentos:

- *Murder of Crows*
- *Pack of Lies*
- *Hunting Season*
- *Heartache*
- *Thicker Than Blood*
- *Magic to the Bone*

AVEC
EDITORA